# 我想呼吸出一片云

李志文 著

长江出版传媒

长江文艺出版社

图书在版编目（CIP）数据

我想呼吸出一片云 / 李志文著. -- 武汉：长江文艺出版社，2023.8
ISBN 978-7-5702-3219-2

Ⅰ. ①我… Ⅱ. ①李… Ⅲ. ①诗集－中国－当代 Ⅳ. ①I227

中国国家版本馆 CIP 数据核字（2023）第 115185 号

我想呼吸出一片云
WO XIANG HU XI CHU YI PIAN YUN

责任编辑：谈　骁　　　　　　　责任校对：毛季慧
封面设计：胡冰倩　　　　　　　责任印制：邱　莉　　王光兴

出版：长江出版传媒　长江文艺出版社
地址：武汉市雄楚大街 268 号　　　邮编：430070
发行：长江文艺出版社
http://www.cjlap.com
印刷：湖北新华印务有限公司

开本：880 毫米×1230 毫米　　1/32　　印张：10.125
版次：2023 年 8 月第 1 版　　　　2023 年 8 月第 1 次印刷
行数：5616 行

定价：58.00 元

# 目　录

## 第六辑　一直在路上

## 第七辑　我只看到了你的轮廓

第一辑

# 我想呼吸出一片云

# 今晚，有一群星星来了

今晚，有一群星星来了
她们不是流浪
是在赶着回家
否则，哪会如此急切
这像是命运
在越过苍穹
夜静得很
月季花绽开她们的花瓣
许多鸟儿在品尝爱情的滋味
连一些最懒的树叶也在摇晃着
轻声呐喊

今晚，一大群星星要来
她们没有厌倦生活
她们要融入这看来有些乏味的世界
今晚，我们更要仰望天空
在巨大的天空之下
月季花、鸟儿
还有哗哗作响的树叶
连同命运
会走到我们跟前

我相信，在不远处

我们定会在一条涌动的河流里

捞起那些星星

时间终不会静止

我们总有机会把自己当作幸存之物珍藏


今晚，我希望

那一群正在回家的星星

都能梦想成真


2022 年 5 月 7 日凌晨宝瓶座流星雨，北京

# 天　空

黑夜
天空揭下自己的面具
她原来是个麻子
最大的有月亮那么大
最长的一条连成了河
天空的肤色是黝黑的
越晴朗越健康

白天
天空把面具戴上
她的肤色有时候是蓝色
有时候是灰色
有时候还会戴上一条白色的围脖
在她的额头
有颗像太阳般的大宝石
越晴朗越让人不能直视

她脸上的麻子
是闪电崩出的火花
烫出来的

2021 年 12 月 12 日，北京

# 老天爷是位老烟枪

老天爷一定是位老烟枪

一睁眼

他就把烟点上

使劲吸着

东边的天际慢慢烟雾缭绕

露出橘红色的火星

到了中午

他吸得更来劲了

发出的光芒让人不敢直视

遇到天气不好时

他会躲在雨后吸

藏在雪花中吸

无论多大的风

也吹不灭他的烟头

我原来以为

他会在天黑睡觉后把烟头掐灭

后来我知道

他其实躲到地球的另一面去吸了

2021 年 6 月 23 日，北京

# 我捡到了一件知了的外衣

我捡到了一件知了的外衣
拿在手里
不知该交给谁
树梢传来一阵知了的叫声
是哪一个的？
周围树上，知了的叫声此起彼伏
好像都在跟我要这件衣服
它们都把衣服脱下
应该是天气太热了吧
我又把这件外衣轻轻放回
也许晚上，就有它的主人来取走
但愿不要拿错
更不要起争执

2021 年 6 月 17 日，北京

# 我不知道该用什么形容树

我不知道该用什么形容树
像一把伞？
春天慢慢撑开
秋天慢慢收起

我不知道该用什么形容树
像我脸上的胡子？
风如同刮胡刀
一刮就是一个秋天

我不知道该用什么形容树
像一朵云？
她没有飘到天上
只是她更恋家

我不知道该用什么形容树
她的衣服就那么一件
一年之内
穿上然后脱下

我不知道该用什么形容树

一到秋天

她就开始伤心

一片落叶便是一滴眼泪


我不知道该用什么形容树

我与树上的鸟儿对望

她在歌唱

我像树一样生长


我不知道该用什么形容树

我想跟你亲近

握握你的手

又怕你眼泪汪汪


2020 年 9 月 18 日，北京

# 星星不见了

一觉醒来
曾经属于我的满天星斗
都不见了
她们去了哪里?

我问窗户
窗户说
是因为我昨晚将她关闭
所以她一无所知

我问风
风说
他也才刚刚来到
路上什么也没遇到

我问太阳
太阳说
那些星星都被他
藏在了身后

我睁大眼睛

向太阳的背后望去

找啊找

我的眼前"星星"一片

2020 年 8 月 25 日，北京

# 从水里收获月亮和鱼

人类一直在尝试
将月亮从水里捞起
最终，打捞上来的
只有鱼

鱼有些失落
于是它们中的大多数
都长成了月亮的样子

天河里
也有许许多多的鱼
闪着银色的光辉

我将渔网高高抛起
将天上的鱼
网到了水里

白天捞起的
是鱼
晚上就成了月亮和她的小伙伴们

2020 年 8 月 24 日，北京

# 悬崖与路

笔直的路，立起来
连同路旁的杂木
这就是悬崖
站在路上与站在悬崖上
有多大的差别？

高耸的悬崖，放倒
连同缠绕的云
这就是笔直的路
站在悬崖与站在路上
有多大的差别？

能走的都是路
爬不上去的才是悬崖

2020 年 3 月 25 日，北京

# 想让石头发声

如果石头能够发声
哪怕是只言片语
笑声或者哭泣
这是我长时间存在的觊觎

如果石头能够发声
戈壁滩的石头与花园的石头相遇
那块奇巧的太湖石
可以充当翻译

想让石头发声
或者是它被炙热或者冰冷炸裂
或者是它被人刻上文字
立在广场或者坟头

所有能够发声的石头
似乎都要被清理出石头的行列
假如它们必将被摧毁
那它们必须先发声

石头没有名字

所以石头不能发声
给石头起个名字
毫无意义

如果想让石头发声
海枯石烂、水滴石穿
如果想让石头发声
石破天惊、点石成金

对于石头
缄默是它的本性
想出声的
也许只是风

2019 年 11 月 21 日，北京

# 题：李自成"拴马树"

北京万寿寺路上，有一棵距今 600 余年的古银杏树。相传，李自成率军进攻北京的时候，途经银杏树时天色已晚，为不惊扰百姓，李自成把马拴在树上，并在树下露宿。后来，人们便称此树为"拴马树"。

这里离家很近，但自己一直没有关注，今天下班特意路过，见黄叶大多已经飘落，但大树老而弥坚，拍照，发些感想。


能够生活在传说里

哪怕你只是一棵树

也会让人产生想象

何况

你还是棵初冬最美的银杏

这棵树

如今看起来

还是特别适合拴马、露营

三百多年前

那位进京赶考的"草莽"

在这里不知发下怎样的

宏愿

树上的叶子已经有些稀疏

我想

最初的时刻

每片叶子是按小时来计算

然后就是天

如今

还挂在树上的叶子

恐怕就要以年来计算与那时的距离

从下一刻起

每片飘落的叶子

都会写满过去年份的记忆

"草莽"继续向东

坐在了紫禁城

你原地不动

望遍西山风景

你的腰板很硬

似乎还跷着二郎腿

你是时间的邻居

星星在你的头顶开花

那年，当一位来自西北的汉子

拴下自己的"乌驳马"

毡笠缥衣，意气风发

你也正长出嫩芽，春风得意

刚刚初冬的风轻轻吹过

你给自己铺满金色的地毯

让我来想象

英雄的闯王

就在眼前


2019 年 11 月 14 日，北京

# 我想呼吸出一片云

我把天上的云
看成是飘着的衣裙
我仰着头，等着
风的来临

风来了
天上的云躲啊躲
她知道
有人在下面想窥探究竟

天上的云
不知道穿在了谁的身上
一天之内
如同四季轮转

有时候
她会把影子投在水中
水里满满都是
浣洗的云

高山会呼吸

月亮会呼吸

花儿也会呼吸

我也想呼吸出一片云

2019 年 10 月 10 日，北京

# 今天，我看到了海

今天
我看到了海
迎着朝霞向我飞来
岸上的灯光还未熄灭
那些停留在昨夜的浪漫

这漂着的浪花
驾着彩霞
早起的渔船
有些幻化

这一片平静的大海
浅浅地醒来
那些划过的海鸥
如同幼时的儿歌
低吟轻唱

2019 年 7 月 3 日

# 乌镇印象

在乌镇
我们都躲进了戴望舒的那把油纸伞下
在这种时光里
雨是飘着的
水是淡着的
小弄堂，像被桂花与老黄酒洗过一样
青石板、白色的墙
健谈的船工
柔柔地划过悠悠的乌镇河

来到乌镇，才知道还有乌镇
才知道还有情绪未了
流动的大运河如同时针
静止的乌镇如同时钟上不动的刻度
在这种时光里
岁月被窗棂镂空
月色也只能蹑手蹑脚地走过
女人们都变成小家碧玉

五月的乌镇
正是蔷薇花开放的时节

热热闹闹、安安静静

林间的瓜叶菊

像蓝色的星空

又如同波澜不惊的人生

乌镇，只是个驿站

尽量安慰风雨中的异乡人


身在乌镇

你的心却不在这里

离开乌镇

你却觉得只与她隔了一层薄雾

红色的灯笼

在对岸一个劲晃动

于是，你有些迷离

于是，你想起

小桥侧畔有青旗

东风燕子穿花雨


2018 年 5 月 18 日在北京回忆乌镇

# 星　星

地上的灯火多了
天上的星星便少了
据说遥远的古代
星河灿烂

天上的星星
是三月里开在山坡的小花
在情人的眼里
都是滋润爱的礼物

天上的星星
如同草原的羊群
听话的都被赶到一堆
那些不听话的，被牧羊犬撵得四处乱窜

这一堆是"大熊"家的
最大的一堆是"银河"家的
那颗最亮的
是最孤独的嫦娥

地上的人少了

天上的星星也会少
说是数不清
其实谁都心里有数

孩子们最懂星星
数不过来就画在纸上
星星们最像孩子
藏不起来就跟你眨眼睛

天上的星星
不管你身在何处，你都在天上
有太多人想摘
影子在水中

2017 年 12 月 18 日，北京

# 今夜的月色

今夜的月色
是如此地令人难以捉摸
当我伫立于旷野之中
她皎洁如玉盘高悬于天空
当我徘徊于树荫之下
她如同娇羞的你
爬上我的窗棂

今夜的月色
是如此地牵动我的灵魂
当我抬头仰望
星空满是你的影踪
当我低头思念
田野中只有我的背影
与你的光晕

今夜是如此的美好
月色是这样的宁静
你看着我
我想着你

2017 年 11 月 1 日，北京

# 云与夕阳

傍晚

太阳不再高不可攀

沉寂了一天的云开始蠢蠢欲动

她们开始壮起胆悄悄聚拢

继而嬉皮笑脸

追逐，逗弄

先是把自己累得脸色泛红

接着是夕阳被她逗得

起了红晕

高贵的太阳最后实在无法忍受

闪躲到西山之后

那些坏坏的云彩

飞舞着炫目的彩带

兴奋地跳着，得意忘形

然而这好戏刚刚上演

大幕便已降落

原野中

只剩清冷的晚风

幽深的山峰

2017 年 9 月 21 日，北京

# 月亮是个贼

月亮是个贼
将那片海据为己有
你也是个贼
将我的心隔空盗走

深夜如同逝去的青春
漫长而孤独
拨弄着风的长弦
你比月亮还要遥远
我对你，比大海还要深沉

大海在月亮之下
波涛在大海之下
再往下，是你和我
随波逐流，浪迹天涯

2016 年 11 月 9 日，北京

# 有时候

有时候
你只是捡起一片树叶
就引来满地落叶的艳羡

有时候
你只是摘下一片树叶
却引来满树叶子的惊慌

有时候
你只是把一片树叶夹在书中
但似乎所有的树叶都印上墨痕

有时候
你只是看到了一片树叶
却以为接管了全部的森林

有时候
我们只是那片树叶
风才是永恒

2015 年

第二辑

# 我们不用走得太急

# 与一些日子告别

在一些日子里
我像极了蚕宝宝
又像积雪下的麦苗
透过丝丝缕缕的缝隙
深深呼吸着
我喜欢这些包裹了温暖的日子
内心那么快乐
还可以被隐藏起来

在一些日子里
篝火红红地烧着
不用有丝毫的野心
昏昏入睡便可满天星斗
要是有人
从不需要离家出走，那该多好

一些最圆满的日子
跟句号实在有些相像
画完后，也就到了告别的时候
假如能一直走下去
像围着篝火彻夜跳动

像是一头驴
围着磨盘转个不停


与一些日子告别
羡慕什么，就去做什么
比如乌龟
把脑袋探出来
带上有用的东西
贴着大地前行


2022 年 2 月 10 日，北京

# 在黑夜与白天交接的时候醒来

现在是黑夜与白天交接的时刻

我又准时地醒来

窗外一片漆黑

透过东边那排高楼

似乎能感到有光在努力升起

我应该庆幸

自己还能够醒来

而，黑夜也还信守承诺

将大地交由白天管辖

想想

这已经是天底下最幸福的事情

没有理由不去珍惜

2020 年 11 月 1 日，北京

# 窗外是西山

窗外是西山

能感到大地在变冷

连天上的云都躲得不见踪影

西山在变红

那是树木在燃烧自己

试图抵御寒冷

时间又要回到起点

从零开始

想一想，如果从来就没有过春夏

连回忆都没有

这眼前的景色就只剩

凋零

街上的陌生人在安静地行走

他们其实也在观察

每掉一片叶子

他们就会给自己加上一件外衣

傍晚，太阳会从西山落下

那些躲起来的云

会出现在山顶，聚拢取暖

然后，由树叶引起的山火

会将云朵也点燃

红彤彤的太阳
也坠入其中

窗外是西山
安宁、热烈
那些燃烧的
将塞满大地与天空

2020 年 10 月 28 日，午休望北京西山秋意

# 这个地方，你曾经来过

这已经足够
关于这个世界

我所想的
我无法承担的

你
我

在昨天
被命运所累

这个地方
我不想再触碰

你一定也知道
时光在吞噬什么

这个地方
你曾经来过

日子，缓缓地、一点点
逃逸

你离开的那一刹那
我作茧自缚成功

这个地方
从来都不缺乏人来人往

每个人
都只来过一次

什么是曾经？
是过去与永不再来

这个地方
我们早已做出了选择

2020 年 8 月 22 日，北京

# 春天，我想唤醒所有的忘忧草

春天，不是每一株树都能开花
不是每一棵草都能发芽
如果能
我希望是忘忧草

春天，不是每一片土地都能迎来甘霖
不是每一片土地都会藏有去年秋天的种子
除了心里
我为你开垦的这片土地

春天，我想唤醒所有的忘忧草
一棵不落，送给你
然后由你
移植在我的心底

春天，最美的景色
不是繁花似锦
而是
人人可以无忧无虑

2020 年 3 月 24 日清晨，北京

# 与蚂蚁一起思考二〇一九

二〇一九
不光属于人类
我家阳台花盆里的蚂蚁们
也躲在自己家里
反思
这种在年末的思考
很难说谁比谁深刻
在这个蚁群中间
不光是蚁后
工蚁、兵蚁
甚至是一些流浪汉们也在思考
毕竟已经是年终
而且他们思考的还与生存有关
其实我已经有日子没有见到它们的身影
我对着花盆发呆
仿佛是为了证明它们的存在
在这个蚁穴中
一定也有一些蚂蚁在看着我
"这个大家伙在想什么？"
其实，我想的事情很简单
"这盆花，我还要不要浇水？"

二〇一九的最后一天
我在与蚂蚁一起思考
他们是我在过去一年里
唯一饲养的宠物
我是他们在过去一年里
免费雇来的用人
时间在流逝
我们没有伤感
我们都不把生存与时间放在一起
或许生存只与水有关

花盆里
种了一窝会思考的蚂蚁
这就是我对二〇一九年的总结

2019 年 12 月 31 日，北京

# 越到冬天，越要温暖

很快，我们就要进入冬天
里面有飞舞的雪花
呼啸着的北风
还有快要熄灭的太阳
还有你喜欢的人

在冬天，街道很早就会变得空旷
路边连流浪的狗都没有
灯光变得呆滞
你再仔细观察
冬天，是最少有人勾肩搭背的季节
每个人都急匆匆
形单影只

冬天
坠落，除了树叶
应该还有翅膀
飞进了我的眼中
沉默的天空
星星一个接着一个
如同冻裂的冰场

在冬天

你不要告诉我

你只是自己

更不要跟我谈及

逃离

很快，冬天将要把你抱得更紧

冷，是一件事情

温暖，却是我们唯一的选择

此刻，那个你喜欢的人

一定在梦到你


2019 年 12 月 12 日，北京

# 初雪，能饮一杯无

当我们开始盼着下场雪
只是说明
我们已经忘记秋天
这可以说是一种背叛

雪不是从天而降
她沿着某种路线而来
雪与我们的期盼无关
她只是一种发生

初雪
适合与自己的兄弟温酒
相互吹嘘
自己当年斩杀的华雄

雪，我们把她们称为花
在空中盛开，在空中裸舞
但不能亲近
入手即化

初雪

如同切开的草莓

隔夜一定会变质

我们要赶紧享用


在冬天的每一处地方

都需要用雪

来装点门面

类似于人的尊严


天在下雪

姑娘们在打着底霜

忙忙碌碌

都要去见公婆


下场雪

会让世界显得干净

喝醉酒

能让人感到幸福


狂吼的风

是吹不来初雪的

甜言蜜语

是骗不了姑娘的


雪能下多大

取决于天空有多大
酒好不好喝
只取决于你的酒量


当第一片雪飘落时
许多人会站在窗前
像雪一样沉默
一直看她到融化


2019 年 11 月 29 日，北京初雪

# 冬天来了

"藏好了吗？"

"还没有！"

冬天与秋天似乎在捉迷藏

这兄弟俩

一个还没躲起来

一个已经急不可耐

秋天的衣服太扎眼了

山里藏不下

田野藏不下

连南去的候鸟

都在为冬天通风报信

冬天还是来了

秋天还没来得及藏好

就已经被她抓了个现行

不知道秋天是着急

还是有些羞愧

她争辩着

脸蛋更红了

红过了西山的晚霞

"我还没有藏好，你干吗这么着急？"

冬天没有说话
只是叹了口气
引得树叶纷纷飘落

冬天
一点、一点
挪动着脚步
低着头
像是个受了委屈的孩童
背后是
心事重重的风

2019 年 11 月 8 日，立冬，北京

# 从秋天来的有什么

从秋天来的
有什么?
树叶落了
只剩下树枝
与天空
相依为命

田野里
庄稼都空了
风吹着
一只野兔
惊慌失措地
奔跑着

从秋天来的
有什么?
天底下
最唠叨的蝉
竟然闭上了嘴
不去作答

秋天

谁也不说话

2019 年 11 月 6 日，北京

# 时　间

时间是一条路

人生就是路边的景致

有人在路上疾走

有人在路旁树下休憩

有人载歌载舞

有人唉声叹气

这条路好不拥挤

风景只在路边

没有人可以回头


所有人都光着脚

这条路比所有的路都舒适

不知不觉

不知不觉


2019 年 11 月 1 日，北京

# 秋天里

先是西山的树叶红了
然后是公园里的树叶
等到小区里的树叶也红了的时候
我知道，全世界的树叶都红了

是谁
每到秋天都会拿着画笔
从北到南
从高到底
从远到近
涂抹着油彩
她还会在水里涮涮笔
搞得河流也色彩斑斓

如果你仔细观察
很少有大一点的树
叶子会落得精光
即使有那么几棵
也常常会有麻雀们落在枝头
冒充枯叶

秋天的树叶、河流

麻雀

最后都会寄宿在风里

互相陪着对方

不然

他们会很孤单


2019 年 10 月 21 日，北京

# 我想拯救秋天

我想拯救秋天

满山的红叶

是你受伤流的血

我怀了满腔的真诚

善意

想着为你包扎

让你焕发出健康的绿意

秋天

为什么受伤的总是你

倘若万物都想着泯灭

那殷红的血

是如此令人叹息

许多人喜欢站在高处

望你秋的萧瑟

我只想着

你应该得到拯救

所以我匍匐前行

躲过高冈

蹚过小河

我知道

我拯救的

除了你，还有自己

还有每一个正在经历秋天的人

在秋天

每一个灵魂都需要得到拯救

这，每个人都无法回避

即使你正当青春

风华正茂

在秋天

哪怕是风里带了一丝的暖意

我们都能洞察秋毫

我们不能放过每一根稻草

秋天真是个好时节

希望我们都能脱胎换骨

重获新生

秋天不是结束

她是新的开始

这，适合每个人

2019 年 9 月 27 日，上海

# 上海，我路过的秋天

说是上海的秋天
只是因为我这几天刚好在上海
这几天刚好进入秋的季节
与其说是秋天来了
不如说是我来到了秋天
陆家嘴那些高耸的建筑
由于比往日更高的蓝天
也沐浴在秋日的阳光里
它们与北方郊野高大的白杨
看来也没有本质的区别
只是当秋风吹过的时候
这里没有树叶飘落
路边的树与花
与夏天也没有多大区别
只是多了一份宁静
似乎在等待
更像是在沉思
这一带的年轻人
一如既往地较其他地方多
一如既往地匆忙
连那些谈情说爱的

都是那么急急匆匆

仿佛在担心踩到秋天的尾巴

秋天要回头咬人

其实，他们根本用不着紧张

上海的秋天好慢

慢到你随便一走

就能把她甩在身后


2019 年 9 月 26 日，上海

# 你要做秋天的英雄

秋天

需要关注的事情太多

唯有湖水才能让你心动

你能听到精神在歌唱

在视野的一角

有两只鸭子在嬉闹

翻起的涟漪

刚好能引起你的思考

看一看天空吧

她就倒影在水中

小小的精灵

正在踏歌而行

光天化日之下

你要做秋天的英雄

2019 年 5 月 30 日，北京

# 颐和园西堤的春天

树的影子

花的影子

古往今来都是这个样子

都逃不过那汪不太深的水

如同女孩子的唇

淡淡地映入你的眼帘

颐和园的西堤

繁花满枝头

疏影弄波心

花是春天的衣裳

影是写给自己的情诗

我不知道先倒映在水里的是树

还是花

我甚至想知道第一个倒映在水里的是哪片叶

哪朵花

如今

每一片叶都倒映出一朵花

每一个影子都倒映着另一个影子

慢慢地竟荡漾开了莫名的忧伤

颐和园的西堤

在春天的风中摇曳

飘起的欢语

在舒缓的湖面一点点展开

那无数的幻影

正倾听着时间的步履

这般宁静

这般香风十里

颐和园的西堤

我们将在这里得到平静

所有人都想慢慢地走过

生怕惊落一朵早开的花

惊扰一片带了露珠的影

那里有每个人的灵魂

隐逸在颐和园西堤的春色中

那里有疏影

那里有热烈的光芒

在一点点渗透

2019 年 3 月 16 日，北京

# 春暖花开

记得那年初春
儿子刚刚学会走路
从植物园的小坡上一路跑下
青草在欢笑中疯长
这盎然的三月
到处冰雪消融、春意萌生

昨日，有同学在朋友圈晒照
题目叫"一家人逛玉渊潭公园"
随风荡漾的柳梢
刚刚冒出头的花苞
微微泛着绿意的波涛
实际这些都不重要
我能听到照片外像花一样开放的欢笑

在这个春天
我也只会用"欢笑"形容
这个世界
有家人在一起
到处便可以春暖花开

2019 年 3 月 11 日，北京

# 无雪的冬天

当冬天敲开房门
灰头土脸、冷气森森
我想提醒你，冬天
你忘记了披上白色的斗篷
你这唯一拿得出手的妆容

你凌乱地坐在屋中一角
使我感到一丝不安
像在一个梦中
身体一直向下沉
我感到了你刺骨的怨愤

我好想坐在你身边
让阳光透过狭窄的窗棂
让我们一起消遣这暖暖的光明
于是我们回忆起往昔的岁月
静等来年的春风

2019 年 1 月 30 日，北京无雪

# 春 节

到了这一天
失去的一年又回到你身边
春夏秋冬排着队向你走来
时间,因为这一天变得周而复始

到了这一天
我们每个人都可以做回孩子
由于像孩子,所以无忧无虑
今天,我们只有童心般纯粹的灵魂

到了这一天
从窗外洒进来的缕缕阳光
会将所有的过往带回
告诉你,生活可以重来

到了这一天
所有最爱你的人会围在你身旁
不用做梦,不用泪流满面
更不会留有遗憾

到了这一天

也许就在这一天的某个瞬间
你会想，我早应该好好虚度这时光
"窗外正风雪，且饮一杯无"

2019 年 1 月 19 日，北京

# 当春节临近

当春节临近
每个人都希望被温柔眷顾
在不可望见的山路尽头
有阳光普照
在城市的边缘
许多灵魂无处安身
那些飘浮在天空的云
颜色苍白，不发一声

当春节临近
许多人会比以往更关心天上的星星
独自站在地球的某个角落
仰望星空
是谁在永无休止地聆听
是谁在永无休止地跳动
我们如同步入了一座巨大的神殿
渴望成为天使被人称颂

当春节临近
城市的马路开始宽敞
乡村的炊烟开始升腾

所有被无意开启的命运之门
奔跑着向你呼唤
春节是山重水复的村庄
没有道路只有目标

当春节临近
所有的灵魂
都渴望幸福
所有的人都在向自己致敬
我们都向春节走去
那里有自己的祖先
需要得到凭吊
那里存放了自己劳累了一年的灵魂
又多了几道皱纹
远远望去
有风在为我们拭去泪痕
谁都不想让人知道
自己的痛

2019 年 1 月 12 日，北京

# 过往的腊月

过去
腊月临近，雪就会来
当雪来的时候
日子就会慢下来
好让各家有充足的时间
将过年的一切准备停当
也许，那时候的人太金贵时间了
时间如同身上的衣服
补丁打着补丁
还不舍得丢弃
旧时的腊月，如同待嫁的姑娘
用炭灰描眉
用红纸涂唇
只等着大年初一出阁的那一天
张灯结彩，喜气盈门

腊月，在如今的北京
雪几乎成了奢望
不过，年还是要来
日子还是要过
只是，这日子也如同身上的衣服

远没有以往的厚重贴身

过几天

在车站，在机场

在通往各方的公路上

许多人就会赶回故乡

其实，他们心里都知道

他们的目的地早已不是故乡

他们实际上都是在赶回过往

因为，那时的腊月

好慢

那时的腊月

好幸福

如同待嫁的姑娘

满怀憧憬，神采飞扬


2019 年 1 月 9 日（腊月初四），北京

# 秋天，我感受到了悲悯

秋天，自从感觉到你向我逼近
一切已经注定不可挽回
收割后的土地
新种的小麦还没有长起
没有哺育幼鸟任务的鸟雀
悠闲而又惬意
北方的秋天
阳光依旧华丽

我想，在每个人的心中
都住着一个秋天
抑或天高云淡
抑或花落沟渠
只要生命短暂
只要春华秋实
秋天，我感受到了悲悯
流逝，我感受到了永恒

我们吟诵秋天
但不想成为秋天的部分
我们都想成为自己的神祇

没有仪式、没有典籍

秋天，我只感受到悲悯

那些落叶与灰尘

秋天，当你向这个世界走来

有人感到了悲哀

而我，却看到你身后开辟的道路

没有占卜，没有预知

只要你愿意

就能实现自我的救赎


秋天，我感受到了悲悯

她要建立新的正义


2018 年 10 月 4 日

# 秋天，我迷路了

沿着小溪，深处是静谧的森林
我如同要独自赶赴一场幽会
避开路人
避开支流
渴望独享这份光荣
我不想与任何人相遇
在这秋天，寂寞的黎明
当蒙蒙的细雨
洗净落叶上堆积了一个季节的灰尘
太阳的光芒开始在森林的边缘聚拢
透过愈来愈稀疏的树冠
将山谷映照得五彩缤纷
除了这条小溪
秋天，我迷路了

秋天，你来了
秋天，你正在离去
秋天，我听到了你的声音
却不能确定，我们是否曾经相逢
如果可以，我愿意是这条小溪
深处是静谧的森林

远处是浩瀚的江河
这样，我就永远不会走失

小溪，你不会将秋天带走
你将把秋天凝固在冬季
不辞而别的是我
但我的内心
已将信赖留给你

终于，我们还是没有相遇
但我感到你已经将手伸给我
中间没有距离

秋天，你就让我坐在你身边吧
独享这份光荣

2018 年 10 月 2 日

# 北京无雪的冬天

早已习惯北京的冬天无雪
渐渐远了的是永定河水

我不怀念雪
我想的只是天涯

天涯，一行脚印
踏雪前行

如今雪没了
风却很紧

昨夜的风更大了
将月色吹得东倒西歪

用不着为雪担心
她在山里

林冲风雪山神庙
李愬雪夜入蔡州

无雪
便是无英雄

英雄
在天涯

北京，无雪
我想去天涯踏雪

2018 年 1 月 10 日，北京

# 写在 2018 年第一天

在这一天，所有的朋友
都与自己不期而遇
仿佛过去的一切都没有发生
唯有时间流淌
2017 啊
什么样的时光没有缺陷？
2018 啊
任何人都充满对幸福的企盼！

在这一天，所有的情绪
都与自己不期而遇
当晨曦从窗外吹来温暖的气息
那些内心层层叠压着的灵魂
都笨拙地开始祈祷
愿热血在我们的血管中欢笑
愿失意不再对我们侵扰
愿梦想透过茫茫长夜
能够抵达慰藉自己的心田
那里闪耀着我们自觉后的光芒

2018 年 1 月 1 日，北京

# 我们永远无法追上时间

没有任何一段时间能够停留
这是多么令人心痛
那些循环往复的钟表
实际上，与时间毫无关联

时间如同一条河流
你不是在河的这头
便是在河的那头

时间如同一把刻刀
我们的面容
不过是它雕琢的材料

我们永远无法选择时间
时间也永远不会在半路等候
那些欢迎的队伍
写满忧伤

我们永远无法追上时间
你赶得越快
它跑得越远

所以

爱一个人，你要趁青春年少

恨一个人，你也要趁青春年少

2017 年 12 月 29 日修改，北京

# 冬天，仿佛一切都受了惊吓

冬天
仿佛一切都受了惊吓
先是树叶从枝头跌落
在沟壑间瑟瑟发抖
接着是雨滴
不敢再潇洒飘泼
而穿上裙装、舞姿翩翩的雪
也只是满怀了忐忑
在空中献媚承欢

冬天
仿佛一切都受了惊吓
先是候鸟逃得干干净净
躲到南方鸟语花香
接着是人类
把自己包裹得如同木乃伊
顺便
噤若寒蝉

2017 年 12 月 17 日，北京

# 在初秋的早晨

在初秋的早晨
草叶上爬满露珠
白霜
还没有凝结

在初秋的早晨
本地的候鸟，无影无踪
那些路过的鸟儿
划过寂静的天空

在初秋的早晨
河谷里的水，也在配合这蔚蓝的晴空
一改夏日的混沌
细小却又清纯

在初秋的早晨
有许多树叶飘落丛林
静悄悄
没有一声蝉鸣

在初秋的早晨

一些夏日里沉寂的小花
在争取最后的时光
扎堆开放，布满山岗

在初秋的早晨
挂满露珠的蜘蛛网显露原形
将这灿烂的秋光网住
放过每一只秋虫

在初秋的早晨
太阳不急不慢缓缓爬升
田野里
到处是云的投影

2017 年 9 月 16 日，北京

# 中秋后的一场雨

月亮越洗越小
秋雨越下越冷

雨中的原野已经收割殆尽
沉甸甸湿漉漉漫无边际

细雨与落叶
一起朝着每一个异乡人走来

孩子们还在吟诵
一千多年前的《离歌》

在秋雨中我最想知道
西山的红叶昨夜是否已经染遍

2017年9月10日，北京从昨日一直下雨

# 我希望时间静下来

我希望时间静下来

听你

轻柔的呼吸

我希望时间静下来

想你

如花的容颜

我希望一切都静下来

听月色照亮夜空

看花瓣飘落凡尘

我会听到属于自己的心跳

真切诱人

2017 年 6 月 26 日整理，北京

# 下雨天，我想偷个懒

下雨天

我想偷个懒

连小松鼠都躲进了树洞

森林中有蘑菇在偷偷生长

雨下成了白色

城市里河网密布

隔着窗子看雨

是一种最好的享用

我发现

那么多窗子背后

都有一双偷懒的眼神在窃喜

下雨天

多恰当的理由

连小蚂蚁都不用出来搬运食物

泥土中有蚯蚓在使劲往外蠕动

雨下成了欢乐

家家都是那么安宁

打伞还有用的雨便不能称之为雨

还需要请假的雨也不能称之为雨

我很轻松就偷了个懒

那么多快乐

原来就在大雨天

2017 年 6 月 24 日，回忆昨日大雨，北京

# 我想给每一朵荷花撑一把伞

雷声在接近
傍晚的天空、乌云密布
我突然开始担心
紫竹院公园里那一湖的红莲
以及荷叶间往来穿梭的小鸭

空气里依旧翻着热浪
连风都刮不走它们
我不理解
为什么那么多画家
喜欢残败的荷叶
一颗孤篷耷拉在枝头

雨还没有下来
但这雷声绝不像虚张声势
估计那湖边的人群早已鸟兽散
这夏日的荷
开出满湖的嫣红
继而会在雨中、纷纷飘落成
一池的伤心
雨声逐渐逼近

世界在四处奔逃

就像我的心中

落入了一群慌张的鸭子

我想给每一朵荷花

撑一把伞

给每一只小鸭

安一个基业永固的家


这世上已经只有雨了

连雷都没有了存在的空间


2017 年 6 月 21 日傍晚，北京

# 夏天，起风了

夏天

起风了

你像一只壁虎

蹑手蹑脚

爬进了我的心房

我成了一堵会开花的墙

你每走一步

我便开一朵花

随风起舞

风围着夏转

我围着你转

2017 年 4 月 22 日，北京

# 雪后组诗

一

雪后
本是捕猎的大好时光
问题是
猎人们早已被捕尽

二

院子里
一夜间堆起许多的雪人
我不禁怀疑
那些雪里就藏着堆雪的人

三

雪后
麻雀们急了
它们打扫雪地的心情
比环卫工人还急切

四

雪后
修路的工人傻了
他们要先把挖掘机从雪里挖出

五

雪后
最快乐的是炊烟
袅袅升腾
仿佛是雪的灵魂


2016 年 12 月 29 日，北京，今日无雪，想象雪后的景色。

# 初冬到了

初冬到了
所有的风都登门拜访
雪要飘了
所有的神都聚拢到高台
这巍峨的庙宇
映衬着的是清风明月
我一个人孤独地坐下
面对着月朗星稀
想着如水的你
冰清玉洁
冬天到了
所有的风都带了情绪而来
如此清凉，如此漫长
多少山
多少河
多少一望无际的丛林
仿佛藏了诸神的旨意
雪要飘了
所有的你都与神站立在高台
等待我的膜拜
这情绪

轻柔如我的叹息

漫无际涯，如痴如醉

2016 年 11 月 28 日，北京

# 静静地生长

春天里

在所有的原野

花在疯长

肆无忌惮

似乎，只有人心与沙漠

满目荒凉

又翻过去了，一个深渊般的冬天

又要翻过去了，一个闹市般的春天

好在，花期后是果实

是绿叶当家

待到秋日

我期望

把一半果实分给孤独的心灵

把一半果实分给空无的沙漠

把绿叶分给牛羊

空出的枝头

给那些贫穷的老人

带去火与温暖

花不是目的

是廉价的欲望

浓妆艳抹，粉墨登场

听

花瓣正砸在地上

只有果实

在静静地生长

2015 年 4 月 9 日，北京

# 写在 2014 的第一天

在这一天
我必须承认
是怀了更多的感情
如同第一次与你相见
花正盛，月正明

在这一天
我必须承认
是怀了更多的感动
如同仰望你伟岸的灵魂
弯下腰，挺起胸

在这一天
我必须承认
对 2013 年的梦想
在今天依旧成立
这也许就是对未来永久的命名

在这一天
我将 2013 极为隆重地打包
小心收藏

又将 2014 轻快地写下
慢慢展开

在这一天
我不想惊扰你
如同春风拂过大地
我把真情奉上
满怀虔诚

在这一天
我在想：为什么要把这一天当作一年的开始
难道地球围绕太阳
还有明确的起点

在这一天
无关黑白，无关亲疏
我满怀了感激
从莲花台，从太极图
我们放下的是高山，越过的是坦途

2014 年 1 月 1 日，北京

# 被秋虫打扰

秋夜的虫鸣划破了寂静的夜空

把许多人从睡梦中惊醒

本来就有越来越多的人失眠

一丝轻微的响声

就会引得所有人辗转反侧

已是半夜时分

小区苍白的路灯

灯下的长椅上居然还有人

像张绷紧的弓

我生怕他发出叹息

那会惊醒整楼的人

就这样

由于虫子的原因

由于一个毫不相干的人

我开始不平静

虫鸣越响

孤独越深

孤独的人越多

心的距离就越远

# 热

挤了一天地铁
感觉自己像是一条待煎的鱼不能翻身
翻身像吃饭一样难受

城市里看不到发黄的麦穗
而是满街的黄头
触目惊心

我的女人以夏天的名义
穿了一件短裙
我看到满街都是冰棍在游动

在烈日下我想触摸夏天
结果是我只能赤身裸体
外套是我最后的谎言

在暮色中
我终于逃离了你
而你已将远处的荒野点燃

# 你说秋天到了

你说秋天到了
我看到了你眼里轻盈的泪水在滚动
一阵风掠过
我想为你挡住
我只是怕那风会让你想起一个人
你说
我想哭但我身边有好多人
我知道你寂寞了
你看到远山了吗
那里的树叶已经红了又落了
你看到冬天了吗
那里的雪已经白了又化了
有时候
一片树叶就写满了人生
秋天到了
你给自己摘了一片树叶吗
也许那里就有你的快乐

# 我需要一个秋天

我需要一个秋天
让它如火一样点燃在我的眼前
没有毁灭
毁灭像暮色一样蔓延

我需要一个秋天
昨夜刚刚告别一场暴雨
沉寂的大雪
似乎还遥不可及

我需要一个秋天
看诉说苦难的树叶歌唱着飘零
曾经压满枝头的繁荣
已被封存

我需要一个秋天
那是麻雀期盼已久的天堂
在浓缩后的太阳底下
梳理着厚厚的脂肪

我需要一个秋天

森林除去了往日的虚假

低矮的灌木丛

偷情的人儿在毫无遮拦地吟唱


我需要一个秋天

让我能静心去听逝去的春天里花开的声响

啄木鸟将种子藏进树洞

那可是我们随时要发芽的激情


我需要一个秋天

那是一个能请来明月的时节

请让我对着旷野呐喊

迎接我们应得的尊严


我

需要

一个

秋天

# 去年的种子今年没有发芽

去年爬了一次山，在秋天

我想去收获

其实也没什么特别，我只是带有一种欲望

我想着，来年一定能开出小花

因为我看到过，你在夏天的模样

你长在山上，在岩石间的土中

今年我没有浇水，我怕改变了你的生存环境

我的花盆很美丽，土也很肥沃

可你还是没有发芽，去年的种子

难道在来年就失去了发芽的能力，我想不会

是谁的错

结果是去年的种子今年没有发芽，我却好像发芽了

疯长在自己的心房

# 伪 装

这是怎样的一种伪装
延续了整整一个夏天
这个阴谋春天就已经开始策划
色彩之丰富令人目眩

这是怎样的一种伪装
漫无边际的绿色
就在一夜的风雨后
该落的落该黄的黄

半夜里还有一个蚊子在叫着
试图打破千年的魔咒
我用秋风扫落叶的方式明确告诉它
秋天不是蚊子的季节

西山的红叶慢慢变得没有看风景的人多
抬头看看那秋高气爽的天
我估计
连天上的云都来与人凑热闹

这是怎样的一种表演

筹备了整整一个夏天的舞台
灿烂过后马上谢幕
只等着风把看客一个个吹走

这是怎样的一种表演
燕子飞走了
狗熊在拼命地增肥
郊外的乌鸦满天飞

在这个越来越冷的季节
总有人独自望着满天的星
刻骨铭心
等待冬天的来临

# 在指尖上徘徊

我们为什么要把生活弄得如此僵硬
连滑落的柳叶都不如
如果我的那张办公桌是一块梯田
一缕秋日的月光
也许能给我带来一丝的平息
可不要让墙角的露珠听去
流水一样的秋天
我们在以不同的方式腐败
即使你开的是花
在这里
我们一边在落日中点燃荒野
一边在月光下承受死灰的冰冷
在这里
我们将忍耐变成了一切
一轮秋日的月、几颗无助的心
在这里
抑郁随着秋月弯曲、饱满
而后重新开始
在这里
秋月始终只照到我们的一个侧面
一半在蒸发，一半在睡眠

在秋天的月光下

我们的影子都在自己的指尖上徘徊

# 在二〇〇一年的最后午夜

有一种声音，让你恍若隔世

午夜的钟鼓，让你的日子

一片一片跌落

我们无法谈论那些逝去的岁月，那些饱满的幸福

与幸福背后的阴影，它的轻而易举

它一贯的艰难，在我们不知所云的期待中

遥远的故乡正大雪封山，慢慢掠起北风

为了了解明天将是怎样的光景，我长久地僵立在窗台

日子在一天天地拉长

今夜像一个刚刚从监狱走出的囚犯

一种流逝啊！一片被风卷起的花瓣

在拥挤的马路上我们都是这样孤苦伶仃

逶迤而去翩若惊鸿

那不是我们，那是风

伸出手就能触摸到炸开的火花

一只被惊起的鸟，然后是恢复平静后的轻烟

这个午夜，连飘过的风都充满了哲理

下面是月光在流动，高天依然寂寂

这个午夜，我们的心都大开着

空洞，等待色彩斑斓的填充

看看从那些坍塌的时间废墟中

我们还能捡起多少珍宝
看看从那些蔓延的时间隧道里
我们还能找到多少光明
在这个午夜天空，我看到
开满了那么多绚丽多彩的星星

第三辑

# 我们在彼此中

# 写给离不开孩子的父母

题记：近来见自己及一帮大一新生的家长满屏不舍，
有感而写。

仿佛我们都站在无光的地方
孩子们就在远处
聚光灯在照着
我们想亲近孩子的心情
与一个迷路者的心情几乎一致
多少年了
我们习惯于借着孩子的光前行
是时候了
请把自己的开关打开
擦拭下有些模糊的光圈
那样，我们就又会自带光环
孩子们也会看到我们的光芒
我们都站在明亮的地方
各自心安
也许我们的脚印偶尔也会凌乱
但那也只是幸福的徘徊

与颤动

2020 年 9 月 26 日，北京

# 磁窑河

村子东头有条河叫磁窑河
她发源于吕梁山的磁窑沟
她路过一个叫西城的村庄后
一路向南
注入汾河
汾河会汇入黄河
黄河最后流入渤海
最后成为太平洋的一部分

以前的磁窑河
好大，河两岸仿佛断崖高耸
河里，我的父亲小时候差点被淹
到我小时候，父亲绝对不允许我去游泳
前几年回村，磁窑河变得如同羊肠
里面的水也浑浊不清
父亲再也不担心我会下去游泳

磁窑河是我出生地的母亲河
汾河是我故乡的母亲河
黄河是我祖国的母亲河
一片从西城村飘落的高粱叶

运气好的话，可能会先是由北向南

然后是由西向东

唱着山西小调

随着黄土高原、华北大平原

跌宕起伏一路狂奔

到大海

2020 年 9 月 15 日，北京

# 端午节

距离端午节还有两天
晚上九点五十九分
父亲发来微信：
"你妈包了不少粽子
你过来拿吧"
我想了想，回复：
"不一定有时间，如去
我提前说"
第二天早上六点十八分
父亲又发来微信：
"挺好吃的，你来拿吧"
我没有回复

九点多，我敲开了父母的房子
母亲很高兴
父亲急匆匆把放在冰箱里的一大包粽子拿出
我待了不到十分钟
急匆匆离去
身后是父母的叮咛
仿佛当年我离家去远行

中午，我看着儿子吃粽子

很幸福

我也咬了一口

我想，我的父母

一定也很幸福

2020 年 6 月 25 日，北京

# 父 亲

早几天，我通过"盒马"
给父亲母亲订了些水果
父亲第一时间，通过微信
向我一五一十地报告了收到的每样东西
最后说：
我们岁数大了，饭量小了
上次的还有，间隔长一些吧
谢谢儿子！

在我四十岁以前
父亲一次也没有对我说过谢谢
近些年
他经常会为了一件微不足道的事情
感谢我
父亲，你不知道
我有多么不安

父亲
我小的时候，把你当成了予取予求的存在
乡间那些泥泞的小路
那些秋日，满院的月光

你是那么年轻

比我现在还要年轻

那时候，我从没有跟您说

谢谢

现在，时光如风

将我们翻来覆去磨砺

我好像也从没有对您说过

这个词

而这个词，我天天挂在嘴上

送给许许多多的旁人


现在我也当了父亲

我知道，你把我当成了自己最大的成就

你希望把我塑造得足够高大

高大得连你自己都无法"高攀"

父亲，你哪里知道

你的儿子在你面前

一直都不想长大

我希望您永远是我

予取予求的存在


2020 年 6 月 20 日北京，明天是父亲节，有感而作。

# 我们在彼此中

我们生来就在彼此中
即使你中途倒戈
这是一种因果，我不喜欢
有时候，我想
如果能回到过去的时光
你还在蹒跚学步
我也刚刚学着做个父亲
这一瞥中的片段
竟然是沐浴在最舒服的阳光里
盼着这一切，就在眼前
像是久别重逢

在一堆玩具里，我能找出月亮与星星
在一堆照片里，我能闻到青草与空气

如今，我谨小慎微的样子
就像一只闹钟
我离你越近
你逃得越远
我会羡慕那些平静的流水
宽阔而舒缓

沿着平原、草甸
还有油菜花的春天

我们生来就在彼此中
即使我不能随心所欲
这像是某种自投罗网
怎么也停不下来
这马不停蹄的忧伤
飞蛾眼前的灯没了
只剩我虔诚地焚香
有些花
要到哪个季节才能开放
我眼巴巴地看着
我多么渴望幸福

我们生来就在彼此中
从我第一次见到你
舒缓的河流
你开花的样子

2020 年 2 月 12 日，北京

# 外　婆

外婆瘸了有几年
她拄着板凳
绕着村子走啊走
比太阳起得早

外婆非要塞给我
五十块钱
我没要
那辆公交车开往省城

外婆与外公的关系不大好
外公去世时
外婆五十多
她坐在门口哭得好伤心

外婆去世十几年了
我把她的遗容录了像
但我一直没有
打开看

现在

外婆与外公埋在一处
天气预报说
明天老家要下雪

外婆
现在我好冷，好想你
不知你坟头的草
是否足够厚

2020 年 1 月 3 日，北京

# 桃花地

故乡有块地
叫"桃花地"
大约 50 亩，就在村北口
故乡的地
按照位置与区域
被叫作：18 亩地，沙河滩
刘家茔，圪洞地……
唯有这"桃花地"
如春天般水灵
不像是黄土地上的名字
记忆里
这块地的地头
的确有株遒劲的老桃树
粉色的花朵
几里外就能看到
这是村里最肥沃的土地
用两倍、三倍其他地都不换的土地
她真的能配上自己的名字
而我们家曾经还拥有其中的两亩地
承包了土地
分到了桃花地

那是十里八乡最幸福的事

绿得出油的麦子

压弯了腰的谷穗

抽着旱烟袋的爷爷

地头一坐

不知道有多么欣喜

那里也是我曾经创造纪录的土地

一天之内，用镰刀

独自收割了一亩多稠密的小麦

那时候，我就想

想着第二天，爷爷来到地头

给他惊喜

少年时，幸福真的很容易

后来

那块地被重新划给了其他人

后来那里成了宅基地

后来

我离开了故乡

爷爷也去了"远方"

天下所有的土地

都能长出粮食

不是所有的土地

都能留下你的痕迹

2019 年 12 月 13 日，北京

# 我们还能记住多久

突然听到高中一位女同学故去的消息，无法相信。一个月前还在联系，还是那么干练、知性。一个人说走就走了……

关于你

我们还能记住多久

唯有悲伤

是如此真实

四十多岁的年龄

你选择了戛然而止

四周幽暗的房间

你选择了把窗户关闭

可怕的月光

径直撞向冰冷的墙壁

你用半生

学会了死

急匆匆的步伐

让每一个石子

都成了绊脚石

开始

你是那么果敢

站起来，轻轻理下发髻

如今

世界坍塌了

你不再为绝望哭泣

每一条路，每迈出一步

竟然都成了走投无路

在脚下

瘫痪的夕颜花

如同曾经的爱情一般凋落

深秋的雨绵长而持续

这一天，唯有死亡

是最大的自由

我不知道

你合上眼

阳光是否就能温暖

那扇窗户，能否

接纳月色的洗礼

我宁愿相信

你只是睡了

你不愿面对醒来的谎言

你睡了

才能在梦中与心中的自己相遇

青春的岁月

随心所欲

你终于可以由着性子

做自己

此刻

你在世界的某个地方

在想着什么

没有人知道你的心思

唯有悲伤

是如此真实


2019 年 10 月 7 日，北京

# 清明诗 （一）

近来，北京尤其冷
冷得连骨头都疼

前几天去南方出差
麦地已经回春

远在西北的故乡
如今怎样

爷爷成了黄土
已经二十多年

爷爷与他的父亲、母亲
与他的妻子在一处

说好了，清明节那天
弟弟会给爷爷们坟头培土

春节，我路过爷爷的坟头
周围不再是麦地
那一刻

故乡已不再是故乡

近来，北京尤其冷
冷得让我想起了爷爷
披着一件黑色的棉衣
坐在村口

时间，我们永远无法追上
春天的温度，我们永远无法猜透
属于爷爷的时间早已过去
而爷爷的温度，却永远储存在我身上

2019 年 3 月 28 日，北京

# 清明诗（二）

一盏灯熄灭

你我都知道

她会在别处亮起

一个人的死亡

仿佛是从一个地方

迁徙到别的什么地方

短暂抑或漫长的人生

终究都会腐朽

高居庙堂抑或浪迹市井

终究都会成为草民

只是有的人再无力与草抗争

春和景明，斗转星移

我们常常会与什么擦肩而过

墙角的蔷薇，日落的微风

还是

本该闲适的人生

这一天

我们毕恭毕敬

抑或还有些诚惶诚恐

看似说着黄昏的语言

追忆自己轮回的起源

山连着水、水绕着山行

在这一天

似乎一切在回调

唯有时间

樱落山前入眉心

远方是村庄

如同余晖中的榆柳

模糊而又清瘦

唯有生灵

在叫嚷

声声入耳，犹在眼前

那是生生不息的繁衍

清明

适合站在山顶看风景


2019 年 4 月 5 日清明节，北京

# 我喜欢你这样

我喜欢你这样
安静地坐着
撩起的长裙刚好盖过双膝
或是飘过的雨丝
或是你目光所触的远山黛色
我希望都能随你意

我喜欢你这样
我喜欢站在你身边
把语言交给风并且注视着你
在这片小小的天地间
一起度过我们漫长的人生

2018 年 8 月 20 日，北京

# 白寿的奶奶

几百公里外，媳妇的奶奶

已经在灯枯油尽的边缘

一早，老丈人来电

又说拨错电话了

晚上回家，媳妇不放心

给家里去了一个电话

九十九岁的老太太

已经两天不吃饭

老丈人说得很轻松

如同告诉我们，老家正下着一场不大的雪

老丈人也快八十岁了

人到了这个年龄

恐怕已经没有生死的概念

仿佛这一切已经等待了几十年

这是喜事

不用悲伤

许多人都这么说

我想起了三十年前

第一次见到老太太

一直到几年前

她还是一样的干瘦

一眼就能认出自己一年未见面的孙女

甚至我这个孙女婿

颤巍巍从口袋里拿出十块钱

塞给我的儿子

说这是长命钱，不好推辞

儿子看看我

我说，拿着拿着

过了年，老太太就一百岁了

这是一个多么幸福的年龄

我不知道会不会有那一天

就像风吹落

挂了整整一个冬季的果实

只有当那棵树空荡荡的时候

我们才想起

那上面也曾经开过花

结过果

有过盛夏曾经庇护我们的绿荫

2018 年 2 月 1 日，北京

# 老家的长辈

在老家
我原本有许多长辈
他们都很年轻
年纪大的也不过五六十岁
有一天
我突然发现他们都老了
仿佛他们在排着队
一个一个走向坟墓

在老家
我的长辈越来越少
他们都老了
他们大都去了另外的世界
如同秋天的风
刮过空荡荡的庄稼地
被遗忘的几棵玉米秆
唰唰作响
老家空荡荡的
我的心也一样

2018 年 1 月 3 日，北京

# 离　别

孩子，曾经只属于我

我给了你最初的姓名

这一次，我与你走在机场

你欢快的脚步，我无法跟上

一前一后，如同一条奔腾的河流

你是浪花，我也是浪花

离别是一种需要

所有的河流都将跨过阻隔，进入大海的怀抱

那年，我就是你的大海

如今，你成了我的海洋

这个曾只属于我的孩子

我把岁月交给你

鲜花与阳光是你的嘉宾

我与你约定，只讨论未来

但我的内心是满满的过往

这只是一场旅途

抵达，才是真正的启程

离别，从我们凝视的那一刻起

你满含泪水，默默无语

孩子啊，你从此属于自己

岁月啊，你是风中的玫瑰

2017 年 8 月 11 日，北京

# 妈妈，请不要忘记我

题记：同学母亲由于患阿尔茨海默病，开始出现不认识自己女儿的情况，同学伤心不已。有感，在同学文章基础上改写。

今天有点难过
其实是很难过
妈妈，你不认识我了
从我出生的那天起
我就是你最疼的人
甚至超过你自己
今天
你开始将我当成陌生人
就如同四十年前，你刚见到我时
我分不清你是谁
只是，那时年轻的你
充满了欢喜
如今，已是中年的我
满是伤悲
妈妈
请不要忘记我

你一定是将我深深地藏在了你大脑的最深处

外面罩了无数的包裹

视若珍宝

想着秘不示人

世界上最疼爱我的那个人

要不记得我了

没有什么比这件事

更让我感到伤痛

我不想被秘不示人

我想继续做你光彩夺目的明星


2017 年 5 月 7 日，北京

# 妈妈的花

见大学同学发照片，配文说：这是妈妈当年养的花，现在爸爸养得很好。不由感动，仿同学心境，写如下诗。祝天下父母均安好！

多年前，妈妈用两盆花
装饰了窗台
照进家里的阳光
都带了花香

如今，爸爸呵护着她们
仍旧摆放在窗台
于是，妈妈的味道
充满了家里的每处尘埃

只有回家
这个世界才是完美的
爸爸、花
还有渗透了我每个细胞的妈妈

这里是家

不是空荡的房子
多么好，这熟悉的味道
三十年前的那些往事还是这么柔软


有人用一棵苜蓿装饰了整个草原
爸爸用两盆花
装饰了整个家
还为我留下了妈妈


我庆幸，爸爸健在
我自己仍是一个来路清楚的孩子
天底下，有谁愿意去当蒲公英
四处飘荡


2016 年 5 月 7 日，北京

# 怀　念

在这个秋天

我的第一个"收获"

竟然是您离去的消息

早知如此

今秋颗粒无收那该多好

在千里外的山西老家

明天您就要被埋进黄土

蜡烛灭了

那些往事，随便一想

就能让我泪流满面

您短小的身躯还是那么挺直？

您还是穿着那身一贯一尘不染的蓝色中山装？

那副入殓了您的棺材

一定要宽大

因为您在课堂上喜欢挥洒激昂

蜡烛灭了

现在，我还想再淘气一下

被叫起，低下头

听您引经据典地责罚

李老师

明天，您就要被放进黄土

墓碑上最好什么也不写

那可以作为您的黑板

供桌上就只放上粉笔与板擦

那可以作为您新的讲桌

秋风吹过

成千上万的玉米都会站成排

时而点头，时而轻摇

您在会心地微笑

还会用手轻轻把身上的粉尘掸掉

在这个秋夜

您的蜡烛灭了

我的泪水早已顺着脸颊流下

我突然意识到

以后的家乡

我又少了一个可以看望的亲人

满怀欣喜地听我讲着在他乡的"成功"

我像一个好学生，拿到得意的成绩

兴冲冲敲开老师的房门

却发现人去楼空

仿佛秋天已经结束

大雪开始飘零

李老师，您冷吗？

我想哭

# 家乡爷爷

过一座山

再过一座山

就是我的家乡，爷爷的墓在麦浪里闪闪发光

中间隔了一层我的眼泪

九五年的秋天，当我赶到你的身边

你已经几天不吃不喝

你的眼睛里，迸发出一缕光芒

"我娃，坐了一夜火车，去睡会吧。"

让我知道

爱是如何从你渐渐远去的身体里涌出

刻骨铭心

今天，你成了家乡的一堆黄土

一张挂在我书房里的照片

我知道，你平日就住在我的家里

那黄土是你农忙时，歇脚的靠椅

现在麦穗已老得不能再老

那泛起的涟漪

定是爷爷在叹息

你觉得收割机太过浪费

现在的人不懂得珍惜

我望见你站了起来

在麦田的背景里
一阵风就可以把你吹起

第四辑

# 你是个可以让我更好的人

# 老 白

我的朋友老白
偶尔会在网上发个牢骚
还会给我点个赞
最近这些年
我基本是靠着这些信息了解他的行踪
在这个不老也不少的年龄
他从没在网上发过一张现实照片
但我能想见他现在的模样
有一次，我闲来问他
他回复我
老样子，你好吗
我也回复
老样子，有时间见见
我们都知道也就这么说说
这已经又过了几个月
我们也还仅限于朋友圈里打量下对方
但假如有一天我见到老白
马上就如同这些年根本没有经过一样
我像了解自己一样了解他
这不是因为我们的关系有多么紧密
只是因为

在这个苍穹之下
我们没有区别
如同黄河中的亿兆沙砾
不论你来自青宁还是晋陕
曾在戈壁游荡还是在黄土高原被冲刷
没有区别

2021 年 10 月 20 日，北京

# 比　较

当你，仔细看一个人
常常会害怕
因为，自己的灵魂
会不由自主地参与比较


2020 年 10 月 20 日，北京

# 你是个可以让我更好的人

你，这个给我带来希望的人
一次次，光顾我
却一言不发

有一次，我实在忍不住
想喊你一声
但，我叫不出你的名字

有时候，你像个影子
被什么东西禁锢
或者，更像是一盏等待擦拭的灯

我多么希望
你是个可以让我更好的人
哪怕是锦上添花

2020 年 4 月 1 日，北京

# 这是什么时候

这是什么时候
两只喜鹊搭了个窝
树叶还未长出
春天已然来临

这是什么时候
两只喜鹊入了洞房
他们选择在此刻纵情
这棵树都还没穿上衣裳

这是什么时候
灿烂的阳光洒满枝头
两只喜鹊，在这里
成家立业

这是什么时候
我能成为他们的左邻右舍
与春天，一起
歌唱

春天

两只喜鹊与我

都发了愿

与未来友好相处


2019 年 4 月 10 日，北京

# 这是谁的肖像

这只是张肖像
我却想到了悲伤
那微闭的眼睛
藏不住让我感同身受的过往
这是谁的肖像
里面怎么会有我的影子在流淌？

2018 年 5 月 17 日

# 哪只鸟儿像诗人

夜深了
城市里，所有的鸟儿都聚集到一处
而我，刚好就在这里
我怀疑这些鸟儿中一定有位诗人
想唤醒什么，想与众不同
到底是哪只鸟儿像诗人
这特质，个个如同诗人
躲在夜幕中
引颈高歌
这里聚集的鸟儿
都是诗人
黑夜鸣叫的鸟儿都是诗人
这特质，想着每叫一声
距离天明就近了一步
这有点自欺欺人
夜深了
城市里所有的鸟儿都聚集到一处
争当诗人

2017 年 8 月 2 日，北京

# 屈　原

我需要一些提醒
让我有勇气在时间的废墟上行走
或者是路灯
在阳光下我的背影太过沉重

当怀念一个人变成了节日
即使两千年不变也不为过
当你以神的概念再次出现在我的面前
我感受到了做人的艰难

屋外的粽子香飘来的时候
我正在阳台
看夏日的花一片片跌落
这或许就是你选择今天的缘故

大家都希望你复活
即使再次需要投江
也有你冲在前面
况且理由根本不用去刻意寻找

我一个凡人

在今天

总想着跟你对话

这本身就有些痴心妄想


于是你孤独

我也孤独

节日热闹

人如海潮

第五辑

# 我们就这样好不好

# 我们就这样好不好

请你千万不要怪我

我从没送花给你有我的理由

因为我不知道如何才能让花永不凋落

请你千万不要拥抱我

因为我只想与你永远手牵手

请你千万不要只爱我一个

因为我已经忘记自我

请你就这样与我保持距离

好让我对你倾其所有

我们就这样好不好

你把我藏在心里

我为你挡风遮雨

我们就这样好不好

云破月来花弄影

绿水涟漪微波动

你给我谈起花的心事

我闻到了你的香气

我们就这样好不好

你不用欺骗我

我也不用笨拙

你不用离开我

我们从来都不是对方的附着

这不需要勇气

# 那些烂漫的事

我给你写了封信
没留寄信人的地址，也没有署名
放进了邮筒
然后，我就开始"若无其事"地想着你
直到有一天
我也收到了一封信
同样没有地址，没有署名

周日，我去你的学校找你
我们已经有六天不通音讯
排着队，非常礼貌地跟宿管阿姨套近乎
她按下了你们宿舍的呼叫器
不一会儿
你像蝴蝶一样飘下楼梯
好像，除了见我
你也不会有别的安排与去处

那时候，烂漫好像是件很容易的事情
许多的"不发达"
让烂漫变得顺理成章

# 心有灵犀

2020 年 5 月 16 日，北京，回忆自己当年的爱情

# 这个冬天

这个冬天
北京已下了两场雪
每次下雪
我都想写诗给你
在路灯下飞舞的
除了雪
还有我跳动的心
在跳动

这个冬天
皲裂的树干
散落着时光的印迹
我谨小慎微
如同冬日的初雪
大地寂静
我满含深情

雪下给了冬
我为你
留了门

2020 年 1 月 5 日，北京

# 诗二首

## 一

我把每一天
都过得
仿佛跟你在一起
早起
鸡蛋豆腐脑
阳台上
春夏秋冬都开满花
我把日子
努力过得很平静
掩盖起我对你的眷恋

## 二

我想跟你说点什么
说说我能拿出手的成就
我真的没有
我甚至觉得你也没有
但我还是想你

想告诉天下人
两个平凡如蝼蚁的人
也可以把感情拿出来
炫耀

# 风透过门缝将你的消息送给我

有时候，你的消息
是由风透过门缝送给我
风是挤进来的
是在深夜
在我熟睡的时刻
将你的消息
从门缝里
塞给我

有时候，你的消息
是月色透过窗棂送给我
月色是流入的
在我喝了一杯酒时
刚刚沉醉
你的消息
透过窗棂
将我唤醒

有时候，你的消息
如同飞翔的鸽子
我不知道究竟哪只是属于我的信使

我想，即使就只是那鸽哨
也会让我心动
何况，上面还有云朵
如同棉花般柔软

有时候
你的消息，就捧在我手里
我却不敢打开
我担心
悲喜交加

2019 年 4 月 10 日，北京

# 我和你的距离

我和你的距离
就在这擦身而过间
渐行渐远
本来我们曾经如此接近
而你的背影
却让我永远无法看清
你的面容

我和你的距离
实际上是一种背道而驰
看似存在一种交汇的可能
但那时的距离
最难企及
我和你
没有距离
只有无语

我和你的距离
是两颗心的距离
我能听到你的脉搏
却永远无法达成默契

这悲哀的两颗心

永远无法靠拢在一起

2019 年 2 月 24 日，北京

# 情人节遇到雪

冬天
可以分为两种
一种是有雪的冬天
一种是没有雪的冬天

人生
也可以分为两种
一种是有你的人生
一种是没有你的人生

今天
我为了你
让雪花如天使般飘落
让你记得，我曾用漫天的雪来爱你

这是一场春天的雪
如同我遇到你的那个年龄
无须言语
便陪伴终生

过去的冬天

没有雪
那是因为
我们在春天便已相逢

今天，雪
不迟不早
春天就等在窗外
一切刚刚好

有雪
便是最好的情人节
有你
便是最好的人生

2019 年 2 月 14 日，北京

# 感觉的错位

现在，我突然想你
但我知道，并不是因为我爱你
只是
我感到了孤独

现在，我突然想你
但我知道，我也就希望你一如既往站在我的远处
只是
我的视线有些模糊

现在，我突然想你
但我知道，我也仅仅在回忆中踱步
只是
一个脚印复制着另一个脚印

现在，我突然想你
但我知道，过去已经不能重复
只是
一种疗伤的借口

现在，我突然想你

但我知道，除了孤独我一无所获
只是
除此，我还能做些什么？

# 我们都无言以对

我们都无言以对

不知道从什么时候起
沉默成了最好的回答

这中间，实际上没有什么秘密
你知道
我也知道

2017 年 12 月 29 日，北京

# 圣诞礼物

今天，我想送给自己一份圣诞礼物
希望二十多年前的夜晚
能够重来
当我第一次走在平安夜的街头
那时你刚好也在祈祷
刚好被我听到

今天，我想送给自己一份圣诞礼物
我不在乎你红包的大小
只要有你传递的温度
与我炙热的爱情
想你
就在每一个刹那间

今天，我想送给自己一份圣诞礼物
那里藏了我们的青春
与我们共同的命运

2017 年 12 月 24 日，北京

# 致爱人

三十年前
几千人中
我们考上同一所高中
几百人中
我们分到同一个班级
几十人中
我们又彼此成为同桌的你
从此
我相信了神的存在
我知道
每个人都会有一场恋爱
有人会轰轰烈烈
有人会感天动地
但我从不嫉妒抑或羡慕
我们只需一起慢慢走着
柴米油盐
便是风花雪月
爱只需一次
一次即是一生

2017 年 11 月 6 日，北京

# 2017 年七夕

今年闰六月
闰七月那该有多好

今天七夕
今天也立秋

今天秋雨绵绵
天河泛滥

隔河相望千年
河水是否已开始发咸

从天文学角度
你们在两岸，我在河中央

千年了，你们才是世界的主人
我们都只是过客

七月的天空，布满每个人的星星
牛郎织女属于人类

你们的眼泪
湿润了多少人的梦

其实你们一直在一起
在凡人的眼中

今夜，在银河岸边
有只蟋蟀在歌唱

2017 年 8 月 27 日，北京

# 七 夕

一

这一刻
我恍然领悟
牛郎织女，为什么要选在七夕
相逢
既不是，花好月圆
也不是，月黑风高
那半轮月色
仿佛是一叶扁舟
喜鹊们在忙着搭桥
而那两个好人儿
早已乘着它们
暗度陈仓
在银河里自在逍遥

二

不知从什么时候起
我们的约会

开始万众瞩目

不知道你们羡慕的是

我们 365 天的相思

还是

短暂相聚时的无语

而我们知道

最深的爱其实不在今夜

我遥望你闪烁的眼睛

用我跳动的灵魂

那些群星

满是艳羡的表情


三


希望，每年的今日

你都遇见最美丽的我

当好心的喜鹊搭起长桥

我的心都会颤抖

颤抖不是因为我要见到你

而是因为你即将见到我

那浩渺的银河

今夜注定波澜不惊

不是因为我如此地冷静

而是我怕听不到你走近的脚步声

四

今夜
我是一只没有参与搭桥的喜鹊
流落凡间
我不是为了偷懒
只想穿梭在所有有情人的中间
今夜
我知道，需要搭桥的人很多
今夜
我知道，渴望而没有得到爱的人更多

五

我与你共同生活
隔了条银河
时间是我们横亘的距离
我们不需要这份感动
这悲剧式的爱情
我希望做回放牛的男人
而你只是个巧手的女人
今天也不是什么节日
在夕阳下

横笛吹起，共剪烛影

2017 年 8 月 24 日，北京

# 那　时

那时
因为有月亮
我觉得自己是个悲伤的孩子

那时
因为有你
我常常一个人悄悄地寂寞

那时
因为只有绿皮车
我才能体会到离别的煎熬

那时
因为村庄很大
我感觉世界好远

那时
因为一把镰刀
我认为自己可以收割整个秋天

那时

因为一无所有
我感觉自己将拥有万物

那时
因为已经过去
我只记得你美丽如初

2017 年 7 月 11 日，北京

## 让我等会再想你

今天的月亮，仿佛病了好久
瘦成了一条线
今天的风，仿佛被关了好久
在疯狂中咆哮不止
今天
想打开牢门的是我
想变成月色的是你
如果时间能让我喘口气
让我等会再想你
想你并不是说我有多爱你
只是，在你面前
我已无能为力

2016 年 12 月 28 日，北京

# 请你再不要像风那样温柔

请你再不要像风那样温柔
刮过去，有始无终
也许你只是怀了短暂的春心
我却被你连根拔起，无处藏身

假如你只能是风
希望你刚好在我落满灰尘时来临
你走时，我将没有眼泪
不是我不再伤心，而是我已经春光明媚

假如你只能是风
希望你不要吹起一片树叶与云
在你的风口
只有我的孤独与爱情

假如你只能是风
我希望你刚好在我的春天掠过
不然
我会一直无法萌生

假如你只能是风

请你再不要这样温柔
看似无力
却刚好将我的灵魂牵引

2016 年 11 月 14 日，北京

# 你驻进了我的眼睛

不知道从什么时候开始

你便驻进了我的眼睛

让我无法入眠

如同一根针，直立着

我每眨一次眼

就被刺痛

到最后，我终于无法承受

可如何才能拔去？

我妥协，我放弃

于是我落泪

一声巨响

一滴泪砸在地上

我舒服了

你从泪花溅处站起来

就立在我面前

结果，我还是无法入眠

2016 年 10 月 19 日，北京

# 门是被我关上的

门是被我关上的
窗户也是
为了思念你
我把门关得很紧
然后，我把自己化成了雨
顺着屋檐滑下
把你的窗子一遍一遍擦拭
我想尽可能贴近你
看清楚你的容颜
到头来，湿漉漉的只是我的心
你却越来越模糊

# 写在情人节

你像春天里薄雾中
那抹远远的柳枝
曼妙矜持
我想象如盛夏那只
疯狂的鸣蝉
吮吸你存储了整个冬日的丰腴
你是春风的爱人
跳跃在我狂热的嘴唇
你用你的轻柔
我用我的执着
修成正果
枝头是枝头的喧嚣
鸣蝉是鸣蝉的静谧
大家都在等待一场春雨
来临

2016 年 2 月 14 日

# 烛光与爱情

我对你而言
就是一只燃烧着的蜡烛
爱的灯芯一点点在火中自虐
你凑得越近，我就越清晰

今晚，你如约而至
从你闪烁的眼神
我用自己的生命去读那藏起来的难言之隐
顺便传递给你我的温度

火光在炸裂
我无法控制自己的眼泪
一滴落在你，我无数次抚摸过的纤手上
你的退缩代替了以往的暗示

你我之间
除了距离，仅剩下一声声的
叹息
从紧咬的口中挤出

夜都困了

我还幻想着照亮三年多来的春夏秋冬

我用急切的跳跃代替了温润沉静

哪怕是换取你一次的共振


我开始剧烈燃烧

希望通过耗尽屋里的氧气

造成你一时的窒息

用最后一丝光掠过你娇弱的身体


时间与时间在对峙

我用自己的心与你的心对峙

可最后输个精光的是我

迤逦而去的是你

## 今夜请不要让我遇见你

我开始策划一个不大的阴谋

在这随时都可能发作的天空

你千万不要出现

在我失去理智的午夜时分

点上灯

我把自己的房门上了十把锁

可你还是飞蛾投火般地出现

我万万没有想到

你是怎样地用一把钥匙

破门而入

今夜我确实没有遇见你

因为一切都是在熄灯后进行

你是谁

七月的太阳

升起得比什么时候都早

我被你困在了房中

独自做着白日梦

# 寻找爱情的感觉

有一天突然停电
你点着蜡烛就站在我身后
烛光照着你的脸
我再一次看到了爱情
从你的眼光里流出
转眼就是十八年
那年教室外的花一定还在开放
今夜你的烛光
一半照着我，一半照着我们的儿子
儿子正在熟睡
酒窝像你，嘴角像我

# 爱情有时候

爱情有时候是随风来的
如滑过的树叶
轻轻在你的心头飘过

爱情有时候是随泪来的
如浸泡过的玫瑰
在一个迟到的早晨盛开

爱情有时候是随梦来的
如挂满露珠的精灵
爬满你寂寞的高墙

爱情有时候是随月儿来的
如日复一日的轮回
饱满后又开始颓废

爱情有时候是随蝶儿来的
如那个千年的传说
一个叫英台一个叫山伯

爱情有时候是随记忆来的

如一个不经意的笑容
就代表了前世来生

# 不要站在别人的爱情边缘

你就要路过这里

我老早就等候在你必经的十字街头

握在手里的小花

像我一样地小心紧张

这轰轰烈烈的大场面

竟然只有我一个见证

我开始有些窃喜又有些失望

也许你的终点还在无边无际的远方

我捷足先登在你的第一个路口

精心设下一个伏击圈

我的投入

没想到催化了我的进化

我像变色龙一样在路边隐藏

三十六计全都用上

过了两个时辰

你终于现身

天啊，我想到了各种可能

但你以坐花轿的方式出现

却使我难以想象

也就在一转念的关头

你就转过了我的路口

我的防守如同虚设
后来，我的心就被自己发出的箭射中
每天隐隐作痛
站在任何地方，都不要站在别人的爱情边缘
这就是给我的教训

# 我愿意耸立在远离你的边缘地带

燥热的阳光下，长裙在飞

我漫不经心地翻动着

你的来信，去年的风在吹

我将背上空调起程

我的上帝还没有出生

我将颤抖着悄悄进门

数着屋里的苍蝇

哼唱

哪怕你在五千里之外

你不是盲人

你那双摸过我肩膀的手一定能停在这首歌上

即使

我这被你照亮的肉体在赤裸裸地撒谎

麻雀与老鹰在天天撞击我的门

我读了几十车的书

是为了在高朋满座的讲坛上沉默寡言

换取你的芳心

我是一只飞翔在阳光下的蝙蝠

我喜欢与众不同后空虚的入侵

阳光在灼烧

我已经有了历史

竹简就堆放在沼泽中开放的花中
我想心满意足别有用心地迎接你的来临
我梦想着我那已经彻底放下的灵魂
在远离你的地方高耸
好让我
看到心灵的边缘地带
暮鼓晨钟

# 我就这样失去了你

我想我是了解风的
只是我不想解读而已
我想你早下了决心
要离开我
其实我也有预感
但你消失得这样干净
确实让我莫名地痛苦
谈不上是背叛
连逃跑都有些勉强
总之你离开了我
我很想坦然承担
寂寞于我而言更是一种渴望
我终于寂寞了
如腊月的花
你肯定也知道
现在我是如此地想你
担心你
我想你还没有化成风
如果是风就好了
抓不到你
总能在月上高楼时

听到你擦肩而过的耳语
我想着
难道我就这样失去了你
我没有勇气去解读
我怕连自己也迷失在旷野
沼泽里

# 女孩，我为你留下逃离的门

女孩
我为你留下了逃离的门
你可以沿着泻入的月光从容离去
从捕获你的那天起
我就开始为你策划

我所期待的，也就是
通过你脚步挪动的频率
推算出自己的价值
蝴蝶样的女孩，一双流水般的眼睛
我用那么久的时光竖立起的围墙
还是被你轻易地撕裂

# 小梅我实在忍不住

事隔八年

你从初秋的风中泄漏过来

带给我瞬间的期待

由于是梦

我醒来后便无法入眠

离我久远的过去

像这带了草香的风

在我甜蜜以前，匆匆地

飘然而去

其实从那刻起

我们就已经共同折断了某种东西

然后又在若干年后

在偃旗息鼓中，共同感受无尽的冷雨

我不知道

我们用了多少青春

用了多少思念

把整个人生

都搞得如此支离破碎

我对到处的离别

感到厌倦

就如同一个饥饿的人，深夜醒来

满屋的饼干都开始发霉

不知道为什么

从我心里挖出来的过去

总不能与现在分开

我不能肯定我们的相遇是不是一种偶然的邂逅

但今夜的煎熬却一定是种必然的安排

那改变不了的命运

竟然如同窗外的钩月

在薄云中

同你的面容一起浮现

现在我知道了

故事被历史领走后

感觉

还会在唇齿间回味

只是苦涩永远代替了甜美

小梅，我实在忍不住

喊出了你的名字

声音高到不管不顾

直到把自己叫醒


2004 年，北京

第六辑

# 一直在路上

# 我想沉入大海，仰望天空

我想沉入大海
抬起头，仰望天空

海水如同柔软的翅膀
天空如同蓝色的梦想

# 丰　收

今年的玉米高粱向日葵土豆红薯黄豆白菜

又增产了

或者讲总会有地方增产了

不是华北西北东北

就是山西河北河南山东黑龙江

或者是小泉沟边杖子张家堡梁家垴桑村

或者是十八亩地桃花地刘家莹

或者是有福家二闹家

丰收是肯定的

只要一年之中还有秋天

人们总要在这个圆月的日子里庆祝

我们也就总会找到那个丰收的地点

只是有时候，我们都丰收得忘记了去收获

我们常常住在一个很小的地方

却要想着一些很大的事情

比如，我们只是在小院里

或者就是在城市的一隅蜗居中

却要对着最大的月亮

想着整个大地的丰收

这是多么大的事情

我们连自己的日子是否丰收都无法断言

这陷入一种定理

到了秋天如果还不丰收

仿佛是件无法启齿的事件

那你一定是挥霍了春天夏天还有冬天的所有时光

秋天必须丰收

是啊，如果花都谢了

叶子也在渐渐飘零

除了丰收，你还有什么能够拿出手

中秋的这轮圆月的确可以烘托这丰收的气氛

天涯共此时

所有的粮食都会被铺在村中的广场上

每一粒都一动不动

让我们去数，我们数也数不清

真的丰收了，我相信

只是我更愿意在一个很大的地方

去想一件很小的事情

比如，那粒一动不动的粮食

它的爱与恨


2020 年 9 月 30 日中秋前夜，北京

# 坐井观天

在一个地方待得久了
就会有点像坐井观天
偶尔的出行
也只是从一口井挪到另一口井
你说圆的或者方的井口能有多大的区别
你说一尺大的井口与几百平方公里的井口能有多大的区别

当我在一口井里待久了
会觉得拥有了一切
包括时间
我会把偶尔路过的鸟儿
看作是在赴死
因为我从没见过一只同样的鸟儿重复飞过
有只青蛙陪伴
蛙鸣是最动人的歌声

直到有一天
有人过来打水
我在睡梦中被水桶捞起
我与打水人都被吓得不轻
后来，他跟我讨教生存的经验

在他眼中
我就是位隐世的智者
这口井，会像圣迹一样被保存
我有些羡慕那只还在井里的青蛙
我多么希望
我走哪儿，就把这口井带哪儿

2020 年 9 月 22 日，北京

# 有人说

有人说
"给我把梯子
我就可以登天"

有人说
"给我把扇子
我就可以呼风唤雨"

有人说
"给我根金手指
我就可以点石成金"

有人说
"给我一支铁血大军
我就可以征服全世界"

朋友啊
请你先用自己的双脚
踏出第一步
而且，千万不要觉得
这一步

就一定能致千里

朋友啊
当你想拥有的不再是欲望
你将获得最大的自由
与可能

2020 年 8 月 13 日，北京

# 传　说

风卷过树梢
树梢像大海样翻滚
树上的鸟巢
如同波涛中的小舟
两只喜鹊
绕着树在盘旋
这也许就是精卫鸟吧

夏日的傍晚
所有朝西回家的车流
都迎着刺眼的阳光
他们都是当代的夸父
几千年了
一直在路上

想想那些古老的传说
想想这世界
想想自己

2020 年 5 月 31 日，北京

# 梦　想

一个人下的最大赌注
就是梦想

一个人发的最没风险的誓言
也是梦想

一个人的恐惧达到极限
才会有梦想

梦想如同天上的繁星
荣耀而又虚妄

梦想最适合在黑夜发生
像月亮披上太阳的光明

梦想
是任何人都合身的衣裳

沉迷于梦想
才能感受到梦想

梦想是火焰
现实是灰烬

我们将梦想装饰得美轮美奂
却把现实搞得支离破碎

梦想如同翅膀
没有躯体

梦想只是夜里的一种游戏
懂的人只会失眠

只有那些不敢说出口的梦想
才是你真正想拥有的

2020 年 4 月 5 日，北京

# 赶　路

人的一生，都在赶路
担心被身后的什么东西赶上
每一天
有的人死去
有的人继续活着
有的人健步走在平坦的大路上
有的人气喘吁吁，道路坎坷

我们可以把一年中那些重大的节日
看作是一个个路口
或者迷茫，或者快速通过
唯有这清明节
仿佛是个巨大的广场
在这里
我们会遇到许许多多的人
有的来自过往，有的源自来生

这一天
有人会放起鞭炮
有人会按下汽笛
鞭炮如呐喊

汽笛如呜咽

今天，为自己悲伤

春风撕咬着每一片花朵


这一天，我们需要慎重考虑

选择什么样的方式

去赶路，与我们所担心的

所惦念的，从太初

周公、孔子，那么多的高祖、太宗

屈原、李白、东坡

死亡只有两种形式

死亡向他走来

或者他向死亡走去


路没有尽头

而生命有限

每一个瞬间

时间都不会由于我们的眼泪

而生锈


2020 年 4 月 4 日清明节，北京

# 我们都不孤独

黑暗对于眼睛

是沉默与孤独

黑暗对于星星

是炙热的情人

黑暗可以吞噬我们

也可以滋养我们

光明何尝不是

黑暗是光明燃烧后的灰烬

与不朽


我们的孤独

来源于黑暗

也来源于光明

孤独是灰烬般的不朽


孤独由于永恒

所以并不存在

黑暗中

我们头顶的那颗星星终将暴露我们的行踪

除非她陨落

无论怎样，我们都有颗星星陪同

是的，我们都不孤独

星星也不孤独

2020 年 3 月 21 日，北京

# 50 岁感怀

50 岁，生命不是在流逝
更像是错过了一般

年龄，在失意时是一副枷锁
在志得意满时是一种光环

许多时候，觉得自己还是个孩子
但说不清
是希望像孩子那样没有忧愁
还是像孩子那样真诚

年轻时，我们喜欢仰望星空
喜欢想着一个宏大的舞台
一位在聚光灯下的主角
现在，我们的足迹也许走遍了世界的各个角落
但只想着有一个地方可以安身立命

50 岁的年龄
一切似乎也还来得及做
只有生命，已经过去一半

什么是一半
一半就是把自己放在中间
煎熬

50 岁，如同一面镜子
轻易不愿拿出来
50 岁，如同斑斓的秋天
渗透了生命的每个季节


2020 年 3 月 20 日，北京

## 岁月是风的影

风穿梭于林间
在湖面荡起层层涟漪

风肆虐于高原戈壁
卷起黄沙漫天

风划过我们的掌心
将那一袭青衫撩起

风看似漫不经心、飘忽不定
只为寻找一处栖身之地
像花一样停留在某个树枝

风是过客
岁月是风的影

2020 年 3 月 11 日，北京

# 和　解

大地冰雪消融
树木长出新绿
冬与春达成和解
这让人想起
秋天初霜的清晨
满山飘零的落叶

候鸟们
从北到南，从南又到北
异乡人
活生生将家乡望断成故乡

手刃仇人
与一笑泯恩仇
话不投机
与宾主尽欢
势不两立
与息事宁人

少年时
觉得长大多好

在怀春的年龄
每个人都觉得自己的爱情
会超越所有人

黑夜用黑色
与真相和解
我们通过神
来与自己的灵魂和解
婚姻是对爱情的妥协
灰色是对黑白的妥协

我们在现实中不能达成的
常常在梦中发生
和解，是我们不想惩罚自己
所做的一种选择

2020 年 2 月 18 日，北京

# 随遇而安

水总是会顺着山涧，躲过巨石
流向平原
一只鞋，只要穿上脚
最终都会合脚
路过的早餐店
只要进去了
总会有一份心满意足的早餐等着你
半夜醒来，打开电视
或许正好没有错过一场期待已久的足球赛

失败了
就低个头
命运或许会放你过去
成功了
那你就放纵一下
那是命运对你的奖赏

遇见了
不一定是你的幸运
错过了
那是免得让你将来伤心

挑三拣四

是因为这个世界上让你牵挂的事情太少

当你读懂一朵花

春天已经凋零


2020 年 2 月 3 日，北京

# 请别告诉我是谁

我只是一棵稗草

为了生存

努力从出生就学着像稻子一样生长

该低头时低头

该弯腰时弯腰

到后来

我终于觉得自己跟他们一样

就是棵水稻

可是，有一天

你过来告诉我

我只是一棵稗草

你不知道我有多慌张

我像个私生子

被人当众戳穿

请你别告诉我我是谁

让我可以一直怀着高贵的理想

憧憬着秋天丰收的荣光

玉米地里有时候也会长出向日葵

黄瓜地里有时候也会混入西瓜

我其实跟他们一样

也许我比他们更谦卑

更加渴望

你告诉我我是谁

已经让我难过、危险

更不要再告诉其他人

好让我可以与稻子一起走到秋天

即使面对同样的镰刀

谁说秋天只能收获水稻?

2020 年 1 月 20 日，北京

# 畏　惧

所有的草木
都花枝招展、穷尽一生
只为了赶赴春夏秋冬

所有的河流
都先把自己逼得走投无路
然后一头扎进大海

所有的星星
都长在天空
映衬出底色的深沉

所有的梦
都与自己有关
那是生活的复述与提醒

树叶枯萎了
雪花也会枯萎
只有畏惧
长盛不衰

我们接受畏惧

便要接受来自四面八方的声音

沙哑、虔诚

一点点划过你颤抖的心


于是，有人许愿

许下自己的奢望

所有的一切

都随了心愿


夜深了

月色是最吓人的

当她跟人有关

当她无处不在


畏惧会生长

这个世界

本身就是经历万劫后的

死灰复燃


2020 年 1 月 12 日，北京

# 孤　独

酒是孤独的
冬天是孤独的
所有浓烈的
都是孤独的
包括我对你的爱

孤独是最适合入诗的
这个词
能让所有平凡的语言
或者生活
升华

我孤独
是由于我想纯粹
简简单单地
去爱上一个人

一步一个脚印
多么孤独
一心一意

# 多么孤独

2020 年 1 月 4 日，北京

# 声音永远跑不过光明

我的嘴巴"目送"着我的话语

像是抛出去的鱼钩

种下的因果

我期待着寂静

也忧惧着寂静

那些被人情或者逻辑

所覆盖的土地

已经满目疮痍

我清楚

下一个清晨

还会有人带着镰刀与铁锹

刀耕火种

这与收获无关

我的话语已经传得很远

我目光炯炯

由于天际空旷

我捕捉不到一点的回音

这世界

用无声回答了我的询问

这让我懂得

声音永远跑不过光明

2019 年 12 月 15 日，北京

# 每一天都是重要的日子

在朝阳下

在余晖中

我希望每个人

每一天都是重要的日子

可以为自己买件喜欢的衣服

可以给每一位与自己擦肩而过的人

一个善意的微笑

可以找个临窗的地方坐下来想想

远方的家乡

想想春生夏长

秋收冬藏

在这样的日子里

有屋可栖，有梦为马

有歌声萦绕

河流在山谷嬉闹

想想

你所期待的

也会在某处偷偷想你

你凝神于落叶

风就会在你眼前吹过

想想每一天有多么重要

想想筑巢的小鸟

想想那不知名的小草

想想树荫下

歌唱的知了

我们要把每一天

都过成重要的日子

类似于金榜题名

洞房花烛

2019 年 11 月 22 日，北京

# 人之初

人之初
一定是赤身裸体的
你看那天空的太阳、月亮
还有怒放的花朵

人之初
一定是坦诚的
你看那高山、河流
还有盘旋的雄鹰

人之初
一定是纯粹的
你看那阳光、月色
还有那淡淡的花香

人之初
一定是快乐的
你看那白云、游鱼
还有那舒展的翅膀

2019 年 10 月 28 日，北京

# 我们都要给自己开一扇窗

人生没有坦途
而我们又不能成为流水
即使是自上而下
人生也不能随心所欲

人生不是选择题
我们经常是煞费苦心
求得了标准答案
却又无从下手

现在
我们连说话
都要欲言又止
何况人生

人生如同一扇窗户
你看到的
与你能走到的
完全是两回事情

但无论如何

我们都要给自己开一扇窗

*2019 年 9 月 21 日, 上海*

# 栈 道

从亮灯的时候就这么走着

还是那种慵懒的样子

远处的云如同山峰

水面安静

除了树

只有草还在呼吸

橘黄色的路灯

映照出了你的叹息

影子落在身后

像是冰冷的黄昏

目送一个孤独的旅人

而他似乎在念着一个名字

那名字，清澈如身旁的水

2019 年 5 月 30 日，北京

# 丢 弃

一只狗熊
可能被我们冤枉了好多年
如果同样的故事
我们说它是在选择、努力

春雨降落大地
或许那雨滴
只是一群可怜的孩子
被上天丢弃在风里

昨日恩爱的恋人
各奔东西
请你不要抱怨
那只是给了你新的余地

世上有什么东西
你始终无法摆脱
那就是你的影子
在黑暗中，那也只是你被蒙上了眼睛

空中

有风筝在飞

而你，最喜欢的

可能只是那个刚刚丢出去的纸飞机


2019 年 4 月 12 日，北京

# 平　衡

波涛汹涌的大海

一叶扁舟

迎风翱翔的海鸥

也许，还有你挣扎的内心

其实都在追求一种平衡

草原上，几只野兔在打闹

角马大军横跨大陆

墙角的蚂蚁汇成滚滚长河

寺庙的钟声

越过茫茫黑夜

月色将丁香花的味道送到你身边

世间有太多的人

无所依靠

自己将寂寥垒成了高墙

于是，平衡代替了失落

幻想代替了绝望

而我

所有的平衡都来自对你的思念

如同月色得到充盈

一个人

一滴水

一个世界

落满尘埃

不用擦拭

时间能让一切归位

如果还需要在平衡的杠杆上再加一块砝码

只需对着她，轻轻念出你的名字

如同你来到我身边

共度风雨

我们一起面对前方的背影

有起伏

如同远方山的形象

坚定有力


2019 年 4 月 12 日，北京

# 站　立

人最舒服的姿态，估计还是躺着
所以死亡应是最好的结局
土丘外的石碑
站立着
那只不过是一个人的伪装
伪装成
一个人一生
虚假的成功

有人说
透过一粒沙子就能看清世界
那些高大的石碑
那无数颗沙砾
刻着精美的文字
伟大的字眼
写满天地

躺着的是一个人的灵魂
而他的伪装
站立着

2019 年 4 月 10 日，北京

# 想　想

想想落叶不安地滚动
像走散的孩子无助地张望
家在枝头
自己却要飘零四方

想想这些落叶的模样
高贵的金黄、低贱的灰褐
都慌里慌张
拥挤在马路的两旁

想想这些落叶的心境
没有一丝抗争
只有最后的颤动
那是挣扎后的无动于衷

再想想枝头那些曾经灿烂的花朵
树荫中鸟儿的爱情
这些马上就要奔赴沟壑的落叶
像是赴死之人

想想这些冬夜肆虐的狂风

势不可当、理直气壮

清理后的枝头

是树叶争辩后的刑场


再想想今日这"大雪"的节气

四野苍茫

没有如约而至的雪

是不忍心将落叶埋葬？


想想吧

当从前的光芒照进伟大的城市

时断时续的河流

将走向何方？


2017 年 12 月 7 日，12 月 15 日增加三四段，北京

# 你是良药

忧伤
你是我永恒的良药
从你开启我的心房
那么幽深，那么无尽

无知
你是我忠诚的良药
无论我跨过多少的桥梁
那么虔诚，那么艰辛

孤独
你是我仰望的良药
永远无法企及的高度
那么伟岸，那么渴望

迷茫
你是我前行的良药
如同灯塔照耀着看似光明的路径
那么无助，那么遥远

爱情

你是我幻想的良药
"一生只够爱一个人"
那么荒诞，那么热情

你是我的良药
所有苦难的人生
都需要救赎
那么天真，那么深沉

2017 年 9 月 21 日，北京

# 所有的故事都没有如约而至

末日在降临

地平线在消失

沉甸甸的乌云越积越多

流淌在你心中的希望

如同抽丝般一点点离开你的躯体

你，无人理会

你的呐喊

你的挣扎

是过去一段时间里最被忽视的举动

你睁开眼睛

无穷无尽的黑暗在聚拢

除了你，其他人都在狂欢

每个人都与你无关

你干枯的泪水

让你的眼睛更加黯淡无光

你站在黑暗的中央

如同有千万条蚂蚁在吞噬你的肉体

我们都徘徊在这个星球

直至黑暗再一次降临

请你不要这样看我

在你放大的瞳孔中

只有黑暗一点点逼近

所有的故事

都没有在约定的日期接近

你搞不懂一切

只知道

这不是你想要的情形

所有的人

都在狂欢

庆祝失去的光荣

你多么想知道

摆弄这些时钟的机器

究竟藏在哪里？

让你睡醒了

天也就黑了

2017 年 8 月 30 日，北京

# 禅与爱

一片树叶

这边是禅，那边可能就是爱

所有的静谧与喧嚣都在一念之间

宛如一阵风

而你就在那中央

所有的喧嚣背后，都深藏着静谧

如同水落石出，碧波荡漾

禅与爱，静得

像寒蝉一样

四周万物屏住呼吸

仿佛无数只眼睛在看着你

你却不语

风在你心头掠过

定如磐石，仰望苍穹

只有思想才能虔诚

禅是佛祖手中的花

爱是花的香影

2017 年 8 月 16 日，北京

# 在我眼前

在我的眼前

海是红色

沙漠是黑色

草原是白色

你是透明

这不是我的过错

纵然你告诉我

你眼中的色彩

我也不会低头

迷惘、孤独、缄默

便是我的坚守

不需要理由

没有人可以代替我思考

那灯火孤零零地一直在燃烧

那些躁动的舌头

一次次地喧嚣

在我的眼中

只有历史拖着长长的尾翼

幽灵般四处侵扰

我不动，她也不动

2016 年 11 月 23 日初写，2017 年 6 月 26 日整理，北京

# 请允许我

请允许我爱上冬天的时候
还留恋秋日
请允许我既喜欢春暖花开
也享受夏日的蝉鸣骄阳
请允许我昂首挺胸地走过
低矮的房门
请允许我将月季当作玫瑰
请允许我在大白天
点上蜡烛
由于，你的形象太过高大
我需要将你的阴影照亮
请允许我敬你
不是因为你的权势
请允许我
一切都来自心甘情愿
趴下的身躯
其实很不真实
请允许我告诉你
一切都不存在差异

2017 年 6 月 26 日整理，北京

# 幻　觉

一堆没有标点符号的长句
漫过我的头顶
只看到主语是我
宾语是你

似水流年
飞翔在我寂寞的天空
告诉我，哪里是云
哪里是暮鼓晨钟

在一个地方住久了
连时间都变得不耐烦
站在门的中间，始终也想不明白
是应该出去还是进来

踏歌而来的你
不经意间就拨动了我的心弦

# 我曾经这样孤独

我曾经这样孤独

即使现在是阳光灿烂

人声鼎沸

我也这样孤独

或者这就根本不叫孤独

我只是在内心积压了许多的情绪

无处宣泄

没有人愿意拥挤

没有人可以永远站立在高台

此刻，一切都是别的东西

一切都归于混沌初开

历史的走向也许就取决于那颗沙粒

通过它我还是没有读懂世界

世界上没有同样的两件东西

世界上许多事情却是不差毫厘

此刻，事情还是跟原来一样

一切都是那么一目了然

仿佛时间还在那棵树下休憩

这个季节

候鸟都不再跋涉

草原永远是草原

雪域永远是雪域

我曾经这样孤独

即使现在群芳吐艳

众星捧月

我也这样孤独

或者我本不该孤独

我只是想

告诉自己继续前行

此刻，那么多自负

那么多冷漠

都缠绕在窗外的枝头

这是表演

这是显示

这是多余的动作

世界上有两类人

一类人孤独

一类人在孤独


2016 年 12 月 4 日夜，北京

# 在人世间我希望能有所房子

在人世间
我希望能有所房子
背靠着高山
有草甸牛羊、雄鹰云杉
门口是一望无际的良田
麦浪翻滚，牧笛悠扬

在人世间
我希望能有所房子
左青龙，右白虎
南朱雀，北玄武
中有黄龙盘绕
紫气东来，阴阳协调

在人世间
我希望能有所房子
春有无声细雨
夏有艳阳高照
秋有五谷丰登
冬有银装素裹

在人世间
我希望能有所房子
结庐在人境
而无车马喧
采菊东篱下
悠然见南山


在人世间
我希望能有所房子
翠竹满园，花团锦簇
百鸟朝凤，人丁兴旺
邻里和谐，贵人相伴
郎君千岁，妾身常健


在人世间
我希望能有所房子
每个人都享受甜美的爱情
每个人都有健康的双亲侍奉
每个人都有可爱的孩子一同前行
金玉满堂，福寿安康


在人世间
我希望能有所房子
所有人都得到尊严
所有人都享有平等

奋斗者得其志

享乐者遂其愿

2016 年 11 月 14 日，北京

# 每一个

每个清晨
我都想着打点行囊
投入下一个江湖

每个清晨
我都想着白马银枪
邂逅另一段人生

每个傍晚
我都选择原路返回
看窗口灯光婉约

每个傍晚
我都庆幸
还能全身而退

每一天
我们都会选择放弃
直到第二天眼睛重新开启

每一天

都如同太阳与月亮的距离
比照着我们每一个人的轨迹

每一个梦
都是我们最真挚的旅行
没有标题，没有剧情设定

2016 年 11 月 10 日，北京

# 短诗五首

## 一

我爱你
到一切万事俱备

## 二

朋友在一起时间长了
竟都成了同林鸟

## 三

所有的直路，都是弯路
所有的弯路，都是直路
所有的弯路
其实都是必经之路

## 四

这几天

我的微信里
到处大雪纷飞，冰天雪地
我不禁怀疑
我的朋友们，是否都已冻僵

五

今天
全中国的家长都开学了
大包小包，天南地北

2016 年 9 月 1 日整理，北京

# 当我悲伤的时候

当我悲伤的时候

感觉自己变成了一只孤零零的麻雀

蜷缩在屋檐下

只有灰色，没有远方

偶尔，也会有别的麻雀路过

那也只是我悲伤的倒影

我想把所有的麻雀都赶走

多少年了，我都不记得一只麻雀是如何鸣叫

那乌云一般盘旋在初冬树梢的雀群让我记忆犹新

到最后，它们都如同身上绑了铅块

跌落着，压上一棵掉光了叶子的旱柳

旱柳上便长满了褐色的叶片

清晨

这些叶片又会飞走

将灰色带给邻近的村庄

没想到，过了这么多年

当我悲伤的时候

感觉自己还是那只孤零零的麻雀

远方在故乡

2016 年 8 月 24 日，北京

# 有时候

有时候
你只扔掉了一片树叶
但整个森林便将你抛弃

有时候
你只是错过了一阵春风
就能少了一道年轮

有时候
你只是推倒了一根稻草
但倒下的却是整座城池

有时候
你只发出一声叹息
但全部的内心已经充满苦痛

有时候
你只需微微睁开一只眼睛
便可洞察所有心灵

有时候

你只是迈出小小一步
但整个的队伍都落在了你身后

有时候
你只是回眸一笑
却能赢得整个街区

有时候
你只撒下一点星火
却立刻燃烧了整个草原

有时候
你只是在玛尼堆旁挂了一条经幡
但却看到了满天的佛光

有时候
我们都会有一道灵光闪现
那便是永恒

2016 年 8 月 3 日，北京

# 我想包容

我想包容
胸中可以装下一条船
还有江河
一直奔流到大海

2016 年 1 月 11 日

# 好久不见

有多少蓝天

有多少甜甜的微风

好久不见

如同你隔了层薄雾

永远背对着我

每迈一步

便更远一层

背道而驰，直到咫尺天涯

好久不见

我们不知从什么时候开始

只知道用手在键盘上丈量世界

开机是纷繁

关机是孤单

好久不见

有明月高悬

有银河汹涌

好久不见

冬日里的狂风

如席的雪，在原野驰骋

好久不见

一杯清水就如甘露般绵醇

一封长信就可证明鸿雁传书绝非空穴来风

好久不见

那些藏起来的真切

如花般绽放

光芒万丈

灿若星辰


2013 年 12 月 30 日，北京

# 我绝不

我绝不以庸俗的面目出现
我更愿意选择待在它的背后
我也绝不矗立在庸俗的对立面
以清高的姿态示人
而把自己的影子印在庸俗里

我绝不向乌云屈服
也不会跑到山顶朝它呐喊
我会在这里
等待细雨飘起
然后就是晴空万里

我绝不出卖自己的灵魂
也没有肉体可以出卖
这样就更像是一棵树
把根扎在这里
全力去追逐太阳

2013 年 7 月 26 日，北京

# 模　仿

这是一种怎样的表情

我看到一些眼睛，一些耳边的回音

然后是寂静，然后是掠过身后的风

然后是我的汗毛

随着心跳起伏

一个人始终在重复着那些过去的足迹

里面可能是陷阱

可能是真诚，可能是无知

总之都穿过我的眼睫，振翅而来

挡也挡不住的过程

一切都被一个叫生活的巫师诱惑

失真也罢，复原也罢

雪花在春风吹来以前，尽情地开放

单一的颜色可以漫过斑斓的彩虹

那里的七彩何尝不是单一的延伸

透过窗外的白雾

可以有我们的向往，那些随波逐流的心舟

轻盈地划过那些凝重的夜色

让我们可以在不可预知的清晨

面对着朝我们走来的自己

坦然地擦肩而过

# 莫名其妙

城中央的风筝飞得比风还长
随了心的情绪
一起飞翔
从东到西，从远到近

城外边的油菜花只剩下蜜蜂与养蜂人
等待着某个时刻的到来
一点的黄星
就可能弥漫了整个天空

从里到外的城
通过一个叫门的点沟通
一条路穿透了季节与心境的封锁
欲盖弥彰的措施，坐等一个叫历史的老人
叩击干涸的天空

那送走风筝的风
同样也送走了染遍四野的黄花
那一点忽明忽暗的情绪
同样也迎来了永无休止的喧嚣
我好像在羡慕这些风景

站在油菜花里我仰望风筝
牵着风筝我惦记着油菜花
于是我只能爬上城墙
数着脚下的砖石
把自己放在城的高度
审视
我发觉许多人认为我疯了
观望的人挤满了护城河
只有我觉得
莫名其妙

# 今天我强迫自己写首长诗

今天我强迫自己写首长诗

长到没完没了无边无际

一切只是来自对窗外鸣蝉的妒忌

雨后的傍晚，依旧闷热

我用光着膀子的方式

提出抗议

问题是诗

我根本就不知道自己

如何才能组织起一首长诗

哪些是主语，哪些是谓语

更谈不到形容词

一张白纸被揉碎了又重新拾起

谁能告诉我怎样的命题

才能引起蝉的注意

中我的声东击西之计

也许我嫉妒的根本就不是蝉

或者就只是它那蜕下的外衣

# 短诗三首

## 一、黑夜将我的身体撕裂

黑夜将我的身体一片片撕裂
用以在月光中
溅起水花
人们的欢呼
淹没了我的哭喊
其实我只有一个企望
把我的心
捎给远方的她

## 二、参与

我跟自己赛跑
天空中打了一个雷
蚯蚓在路上挖了一个陷阱
一切都在参与
除了我自己

## 三、反应

新闻在报道巴格达发生爆炸
我跳起来，突然想起
火上还熬着一锅稀饭
然后，整个晚上
我的胃都在
翻江倒海

# 五　官

## 一、眉毛

最没用的东西
却站得最高

## 二、眼睛

两只眼睛，一只用来探索
一只用来照明
我在黑夜里
看到了自己另一只眼的光芒

## 三、嘴

声音不是你发出的
你却不停地在那儿讲
目的是为了掩盖自己的秘密

## 四、鼻子

你真是个好官
因为你关心的
只是下面的事情

## 五、耳朵

你把自己安排在两边
去偷听路边人对自己的评论

# 在离开你的这个夜晚

在离开你的这个夜晚
只剩下孤独与无奈
为我看门
一边一个门神

在离开你的这个夜晚
所有的过去悄无声息，站在我的眼前
仿佛我们的身体还在一起
或者是我送给你的花束

在离开你的这个夜晚
我的心里下起了阵阵小雨
在这样低垂的夜晚
凉风向西

在离开你的这个夜晚
我默然步入赎罪者的行列高声诵读
那一望无际的思念
那横亘着的深渊

在离开你的这个夜晚

我开始用舌头舔着自己的躯壳
周围爬满了跃跃欲试的
蚂蚁

在离开你的这个夜晚
我在自己的耳朵上加了一根抛物天线
听一颗心静静等候另一颗心的声音
最后将我细细碾碎

在离开你的这个夜晚
我看到一只蝴蝶
正扶在床前
看满天的星星流泪

在离开你的这个夜晚
我把最后的一扇窗都堵上
不管我朝哪个方向，能看到的都是墙。
墙越来越厚，孤独越堆越高

# 我选择了一种历史

我选择了一种历史
而不是习惯地选择一种未来
如同我们定义风向
是指它来的地方

我选择了一种历史
是在等待你光临我的村庄
如同昨夜飘零的玫瑰花
还在我心里开放

我选择了一种历史
在我收割过的麦田里自由歌唱
如同我用过的镰刀
要时常把它磨光

我选择了一种历史
我选择了永久的沉默
如同我会在醒着的时候
闭上眼睛

# 无 言

被豪言壮语戏弄之后
我便不再把自己当成人
仿佛我就是一块砖石
摆在那儿就是最好的选择

如果你看到我在人群中一言不发
那是由于一只蝴蝶
躲过历史的审查
刚好停在我的肩头，述说蜕变的艰难

有时朝阳也会布下层层密网
我只有躲在太阳的身后
逃避着十面埋伏
漫无目的，四处游荡

这是一条很长很长的路
挂在幼年的泪水
都打湿了花白的须发
还可能要继续顺着躯体流下

在这瞬间
我无力表达的东西太多了

# 历　程

信仰如此无尽，需要你追寻一生
信仰又是这样地稀有，需要你追寻一生
如果爱情能填充你寂寞的心灵
那你的信仰将使你彻夜难眠

仿佛一缕青丝在你的双眸轻浮
仿佛大漠中升起孤烟化成你疲惫的身影
半夜
你住进了上帝的村落

盗墓贼需要竹简燃起的火焰
他们在毁灭你的信仰中
实现自己的追寻

你的身心最终扭曲变形
你不再拒绝一切，只有你知道
你还如同初生

# 我从尘封的墓穴中走出

我从尘封的墓穴中走出
阳光照着我阴暗的背影
层层向上的阶梯
让我的灵魂坠落其中
有人在认真雕刻着华丽的碑文
仿佛钢琴飘在乌云密布的天空

我从尘封的墓穴中走出
野花开满我的全身
我的身体飘在半空
踏下的脚印泛滥成恶臭的水坑
那让我苦思铭想的你
仿佛在墓穴壁画上飘逸的衣裙

我从尘封的墓穴中走出
我要寻找一个无尽的梦
我要挣脱你一千年的诅咒
我要带你投奔虚掩的山村
那是魔鬼出没后遗留的安宁
仿佛在旷野中我一个人享受着残忍

# 真 实

谁都可以回避，那面铜镜

在漆黑的心里，我们都可以肆无忌惮地

闭上皓月般的眼睛

一切如你的血压一样起伏不定，一切又如同你的脉搏

突然消失，又突然在某一时段现身

一个藏起来的你，不经意间掠过一丝的惊慌

你既没有被追杀，更没有无耻地放荡不堪

看来，你只是需要学会坦然

那路边的树孤独地伸向远方，一棵看着一棵

风来了，你动我也动

近些年来，整个城市都在拆迁

似乎我们的灵魂也都曾不止一次地搬家，然后在漠然中享
　受新生

我常想：有什么东西

可以无限制地放大，而不变形

我绞尽脑汁地，想着

这需要多大的耐心

# 记忆的片段

记忆的片段
脱落下了一层泥皮，被雨淋过的墙
露出了藏在里面的土坯
露出了藏在里面爷爷的脸
和着风吹过的幸福与被幸福折磨着的过去
普通人的记忆就这样简单
一场小雨就可能让你想起好多

记忆的片段
吐出来结成厚厚的茧，风化后变得绵长
从记忆中走出的将是带了翅膀的精灵
可以飞可以交配
在桎梏与自由的轮回中变也不变地流逝
普通人的记忆是如此艰难
一阵轻风就引得你考虑来生

# 日　子

日子排得整整齐齐，饱满得如同我的牙齿

在深夜一阵阵的磨牙声里消逝

越来越多的高楼大厦，将岁月分成

一截、一截

时钟总是不紧不慢地踱着方步

自己的心跳总是慢了半个节拍

未来总是出现在远方

在路上我无数次地超越了自己的影子

然后又无数次地被自己的影子抛下

日子是妈妈炒饭的锅碗瓢盆声，是爷爷额头深深的皱纹

我就站在熙熙攘攘的街头，大喊

就这么一件用来"过"的东西

就让我赔上一生

山涧的清溪伴着一路的芬芳、一路的坎坷

射出去的箭，只有一次选择的机会

日子在大树的年轮里，一圈一圈地绕着

一直到它自燃，一直到它化石成煤

我都几乎在原地自转

那些或者是将来的日子

或者风花雪月，或者崇山峻岭

收获始终都只是与现在拉开距离，与自己拉开距离

里面长满了草
日子是草
什么才是镰刀？

# 跟自己的影子作对

见得多了，也就烦了

我讨厌自己的影子，而他对我依旧痴心不改

我只能把自己藏在黑暗里，直到连自己都找不到自己

于是我又想着把他钉在某个地方

我好自由地出走，听着他哭泣的声音

我又于心不忍，问题出在了哪里

难道这个命题本身就是错

选择了跟自己的影子作对

就如同选择了永无休止的梦魇

给他设置了一个陷阱，而总是自己先掉了进去

他总以我的对立面存在，却还步步相随

自己的影子就让我如此无奈，如冬天里寂静的飘雪

也许你就是我灵魂的标志，是我永不能摆脱的宿命

在你早成习惯，而我到什么时候才能找到感觉

我把自己放到烈日下的晒场，希望通过蒸干自己

来提炼出我灵魂的精华

这影子，总归是我的

他总归是我在光明中唯一的永恒

第七辑

# 我只看到了你的轮廓

# 我只看到了你的轮廓

我确定，这一刻
我只看到了你的轮廓
如我所愿
也如你所愿

我看到的
都是我所希望的
一切都是为了迎合
我的需要

朦胧多么美好
灰色多么美好
剩下的胖瘦
都可以用性感来形容

我看你
不是为了分辨出你的每一根汗毛
而是为了
接近你的灵魂

你的轮廓

就是你的灵魂

让我的灵魂

可以毫不费力地与你契合


这一刻

我只看到了你的轮廓

这与光线、远近无关

更与真相无关


那个被我看到的轮廓

可能位于任何地方

我们都以自己

最擅长的方式出现


你的轮廓

便是我所想

看着云朵

想触摸


2020 年 8 月 16 日，北京

# 我们常常和不喜欢的人在一起

不管有多么不情愿
我们常常和不喜欢的人在一起
他会抚摸你的脸颊
像风一样不可阻挡
你会难受，你会抗拒
你会厌弃自己
而从你开始不喜欢自己的那一刻起
你也就接受了与这个不喜欢的人在一起

这个我们不喜欢的人
像影子一样
太阳下跟着你
月色下跟着你
灯光下跟着你
在梦里
他也会钻进你的脑子里

我们常常和不喜欢的人在一起
比起那些我们所爱的
他们更容易打动我们
比如一束鲜花

比如鲜花上的一根刺扎进肉里

2020 年 8 月 9 日，北京

# 称呼每一个孩子宝贝

孩子

不管你叫什么名字

我都称呼你宝贝

这样亲切又自然

你会

笑着望向我

像极了早晨刚刚开放的花朵

称呼每一个孩子宝贝

不管你的肤色

你是否健全

类似的情形

还会发生在满天星辰的旷野

我称呼每一颗星星宝贝

她们眨着眼睛

像极了纯真的孩子

2020 年 6 月 27 日，北京

## 一天之中，我们会遇见许多人

一天之中，我们会遇见许多人
你的爱人
在厨房正为你与孩子煎着鸡蛋
电视里
你喜欢的演员
穿了件白色的衬衫

微信群里那些活跃的人
早早地转发着世界各地的心灵鸡汤
如果赶上某位同学过生日
有些从不露面的家伙
也会凑个热闹
整个屏幕都是飘落的蛋糕

路口执勤的这个警察
好像又胖了一点
20 层那位女孩
又在电梯门关闭的一刻
钻了进来

楼下街心公园

几位不老的大妈已经跳了两个小时
旁边一位看小孩的大爷
与推车里的孩子好像都已睡着

单位小朱沏的咖啡
会从清早一直喝到晚上加班
视频会议里
外地同事穿得一定比总部的人都要整洁

一天之中，我们会遇见许多人
可能，我们会在一天之中
遇见所有的人
这些人会陪着你走过一生
我们就看着这一切
那是时间换了一种方式在流动
可以复制
不可重来

2020 年 2 月 22 日，北京

# 我落下，你们又捡起了我

题记：偶尔看快手直播，关注到一位年轻人从 11 米高空掉落，造成高位截瘫，他的父母天天将他搬上搬下，一口口喂他。三年了，他尽管还不能生活自理，但逐渐有些起色。感动于其父母与他的坚持。

我像一朵花

从树的高处落下

我以为，自己的命运

会像别的落花一样成为泥土

消失在尘世中

当所有人放弃我

甚至连围观的耐心都没有

任由我自生自灭

爸爸妈妈

你们又捡起了我

把我捧在手中

像我小时候一样

你们还是相信

有一天，我仍然会绽放

爸爸妈妈

我不想成为完全寄生在你们躯体上的花

当你们再次捡起我的那一刻

我希望自己是一株可以独立的凌霄花

暂时依附在你们身上

爸爸妈妈

你们如同两棵遒劲的橡树

手拉手，让我一点点适应你们的高度

我知道

那凌霄花与橡树

早已被赋予了别的含义

但我觉得他们更像我们仨

我没有落下

我只是从一个枝头

来到另一个枝头

我想，风也能知道

# 我是一个钢铁侠

不必为我担心
我的命运在手中
那些变换的造型
只是你眼中的幻影
梦如同拼砌的碎块
理想才是凝固的灵魂
我是一个游侠
如钢铁般轻盈
有人在为我欢呼
一只沉闷的甲壳虫
张开了翅膀
陪着自己的心散步
与思想

2019 年 5 月 30 日，北京

# 背　影

你凝望的背影
如同一棵老树
生了根
这是一棵羞涩的老树
背对着人群
将目光注视着
自己独享的风景

据说
这是一位叫老马的男人
这个有些倔强的背影
红色的蔷薇花
如同他曾经年轻的心

当一个人
将背影凝固
我能感到沉重
灵魂包裹着
温柔与无奈的喘息声

2019 年 5 月 17 日，北京

# 起屋，远行

题记：前两天好友在群里发视频，在老家的山里造一
房子；他爱人也在发帖子，她正在四川黄龙旅行。

今天是吉日，适合起屋
难得的是屋边就有流水湍湍
在这黄土高原的腹地，吕梁山里

似乎，夏天的每个日子
都是吉日
不但可以起屋
还可以远行
特别是，一个在山西
一个在黄龙

似乎，夏天每个有水的日子
都是吉日
山西的水激流勇进
四川的水委婉低回
共同的是，都有云在萦绕山峦

屋子刚打地基
看不出模样
让我想起他结婚的洞房
有幸福的日子
都是吉日
有爱人的房子
都是洞房

屋子造好了
便有水流了过来
爱人幸福了
家也可以在远方

今天就是吉日
起屋，远行
怀揣梦想

2017 年 6 月 16 日，北京

# 触摸远方的幸福

我所能看见的幸福

都倾向于痛苦

我所能左右的故事

都以妥协的方式进行

我答应自己

要以沉默

穿过这整座城市

住在一个五谷丰登的村庄

给我粮食

给我新娘

幸福偷偷地爬进我的窗户

在我做梦的晚上

点燃我的新房

一朵美丽的玫瑰花

我梦见了